Uwe Schwartzer

Kreuzfahrer

Maritime Gaunereien

Bibliografische Information der Deutschen Nationalbibliothek:
Die Deutsche Nationalbibliothek verzeichnet diese Pu-
blikation in der Deutschen Nationalbibliografie; detaillierte bibliografische Daten sind im Internet über
http://dnb.d-nb.de abrufbar.

Inhalt

Einführung

Der Begriff „Kreuzfahrer" ist seit alters her negativ besetzt, obgleich sich seine Bedeutung im Laufe der Jahre häufig verändert hat.

Die ersten Kreuzfahrer waren zweifellos die Teilnehmer der Kreuzzüge mit denen das Christliche Abendland religiös und wirtschaftlich motivierte Kriege gegen die Muselmanen führte um sie aus dem Heiligen Land und von den Heiligen Stätten zu vertreiben. Nachdem diese militärischen Auseinandersetzungen jedoch zunehmend mit Niederlagen endeten, verlor man die Lust an diesen wenig einträglichen Eroberungszügen. Hierdurch büßte diese Bezeichnung vorerst an Aktualität ein und geriet darauf völlig in Vergessenheit. Die religiöse Führung versuchte zwar noch zu retten was nicht zu retten war und erklärte Feldzüge gegen nicht christianisierte Völker, gegen Ketzer, die Ostkirche sowie politische Gegner zu Kreuzzügen. Aber es war nie mehr so inspirierend wie damals gegen die Sarazenen.

So dämmerte das Abendland über Jahrhunderte ohne Kreuzfahrer vor sich hin, bis Albert Ballin – Vorstandschef der Hamburger Reederei HAPAG – einen genialen Einfall hatte. Er sorgte sich nämlich bereits schon länger über die mangelnde Auslastung seiner Passagierschiffe im Winter, weil zu dieser kalten Jahreszeit nur wenige Auswanderer ihre Heimat in Richtung Nordamerika verlassen wollten. Hierin bestand jedoch sein Hauptgeschäft, das nicht mehr ausgebaut werden konnte. Er beschloss daher eine neue Zielgruppe zu erschließen, die nicht auswandern wollte, sondern großen Wert darauf legte heil wieder zurückzukehren. Dies lag auch in Ballins Interesse, denn nur so konnte er immer wieder an ihr verdienen.

Der Gedanke, reiche Leute zu einer Seefahrt zu bewegen, die ausschließlich ihrem Vergnügen diente, war völlig neu. Bisher unterzog man sich den Gefahren einer Schiffsreise nur um ein bestimmtes Ziel zu erreichen. Nach diesem Geschäftsmodell war nun der Weg das Ziel.

Und so stach am 22.Januar 1891 in Cuxhaven eine gut betuchte Gesellschaft von 174 Reisenden auf der „Auguste Victoria" zu einer „Bildungs- und Vergnügungsreise" in wärmere Gegenden in See. An Bord herrschte Luxus pur. 245 Besatzungsmitglieder standen den Gästen zur Verfügung. Die Tour dauerte zwei Monate und führte durchs Mittelmeer bis nach Syrien und Ägypten. Zur Unterhaltung der verwöhnten Reisenden wurden schon damals organisierte Ausflüge angeboten. Den Passagieren war zu diesem Zeitpunkt nicht klar, dass sie zu den ersten Kreuzfahrern der Neuzeit gehörten.

Da man jedoch von wenigen Reichen nicht leben kann und die wirklich Reichen inzwischen eigene Hochseejachten besitzen, haben sich, 125 Jahre nach dieser ersten nautischen Prunkreise der Geschichte, Kreuzfahrten vom Luxusprodukt zum Massengeschäft entwickelt. Das heißt der Wettbewerb um die Passagiere findet in erster Linie über den Preis statt. Ähnlich wie bei Billigtextilien (Produktion in Asien) oder Fleisch (Massentierhaltung) übt dies einen ungeheuren Druck auf die Löhne und Arbeitsbedingungen aus.

Natürlich sind wir alle zutiefst empört über diese unhaltbaren Zustände und wollen sie ändern, solange Klamotten, Fleisch und Seereisen dadurch nicht teurer werden. Bei Kreuzfahrten können wir bislang immer noch behaupten, nichts davon gewusst zu haben. Aber selbst wenn, schließlich drängen diese Menschen aus den Billiglohnländern ja freiwillig in diese Jobs. Kein Mensch zwingt sie dazu.

Die konkurrierenden Unternehmen haben die Einsparungen beim Personal inzwischen perfektioniert. Keine der deutschen Reedereien lässt ihre Schiffe unter deutscher Flagge fahren. Hierdurch werden nicht nur Steuern vermieden, sondern auch die deutschen Mindestlöhne und Arbeitszeitgesetze erfolgreich umgangen. Zusätzlich gliedert sich eine Besatzung in eine, nach Arbeitsbereichen geordnete, Drei-Klassengesellschaft, in der es noch weitere Abstufungen gibt.

Zur dominierenden Upper-Class gehören Kapitän, Offiziere und Matrosen, die wenigen Seeleute an Bord, denn auch Billig-, Pauschal- und Last-Minute-Passagiere kommen gern wieder heil nach Haus. Die öffentliche Meinung über die Qualifikationen dieser Leute ist jedoch umstritten, nachdem bei der Havarie der Costa Concordia, die einen Felsen vor der Insel Giglio rammte, der Kapitän als einer der ersten von Bord ging und die Besatzung nicht wusste, wie sie die Rettungsboote zu Wasser lassen sollte.

Die Middle-Class malocht im Maschinenraum. Hier wird bereits weitaus weniger verdient. Jedoch bedeutend mehr als im größten Segment, dem Lower-Class Hotelbereich. Hunderte von Köchen. Kellnern und Putzfrauen werkeln hier rund um die Uhr. Dabei steigt die Bezahlung mit der Nähe zum Passagier, denn ein deutscher Gast erwartet einen deutschsprachigen Steward, wer in der Wäscherei arbeitet ist ihm völlig gleichgültig. Daher ist es auch den meisten dieser Mitarbeiter strikt untersagt auch nur in die Nähe der Passagiere zu kommen.

Um sich aus arbeitsrechtlichen Streitigkeiten heraus-zuhalten, stellen Reedereien diese Leute nur selten selbst ein, so dass die Lower-Class Mitglieder häufig unterschiedliche Arbeitgeber haben. So sind beispielsweise viele Filipinos bei Firmen in Manila zu den dort üblichen Löhnen angestellt, andere bei Crew-Agenturen, die in aller Welt Personal für Schiffe anheuern.

Brutal sind auch die Arbeitsbedingungen an Bord. Grundsätzlich gilt die Siebentagewoche mit Arbeitstagen von über vierzehn Stunden. Während die Offiziere nicht länger als drei bis vier Monate an Bord bleiben, arbeiten die Niedriglöhner ununterbrochen bis zu neun Monaten ohne Unterbrechung durch. Da sie von ihren Arbeitgebern ein festes Gehalt beziehen, die Reedereien ihnen aber ein riesiges Pensum aufdrücken, erreichen sie Stundenlöhne die nur unwesentlich über zwei Euro liegen. Ihre spärlichen Ruhezeiten verbringen sie, dicht gedrängt in Doppelkabinen unterhalb der Wasserlinie des Schiffes, die so klein sind, dass es oft schon schwierig ist in ihnen das Gepäck zu verstauen.

Diese Welt ist für die Kreuzfahrer tabu. Zu schockierend sind die Gegensätze im Vergleich zur Glitzerwelt des Kreuzfahrtschiffes. Trotzdem wächst der Druck auf die Löhne weiter, da sich die boomende Branche in einem gewaltigen Konkurrenz- und Preiskampf befindet. Immer neue und größere Mega-Schiffe müssen ständig wieder mit kostenorientierten Urlaubern gefüllt werden. Dies ist nicht das Umfeld für höhere Löhne und bessere Arbeitsbedingungen, zumal in Billiglohnländern wie Indonesien, Indien oder den Philippinen Tausende darauf warten, einen Job an Bord zu bekommen.

Verschont werden selbst nicht die Passagiere. Mit Billigangeboten an Bord gelockt, zieht man ihnen dort erbarmungslos das Geld aus der Tasche.

Doch alles hat seinen Preis. Denn während sich zu Ballins Zeiten die Passagiere noch mit eleganter Kleidung schmückten, wird heute ein Klientel angesprochen, das über keine piekfeinen Klamotten im Schrank verfügt, und dem auch Bedürfnis und Einsicht fehlen zum Diner die behaarten Beine vor den Blicken anderer zu verbergen. Nur so lassen sich die plakativen Hilferufe vor den Schiffsrestaurants erklären, männliche Reisende mögen sich doch bitte zum Abendessen mit einer langen Hose bekleiden.

Daneben gibt es natürlich immer noch die edlen, hochpreisigen Kreuzfahrtangebote, die glücklicherweise von dieser bedauerlichen Entwicklung unberührt geblieben sind.

Insgesamt wird sich der Kreuzfahrt-Boom ungebremst fortsetzen. Bisher sind weltweit 450 Kreuzfahrtschiffe unterwegs, die 2017 über 25 Millionen Passagiere befördern sollen. Folgt man jedoch den Prognosen des Branchenverbands CLIA, werden diese Daten in heute noch unvorstellbare Höhen steigen.

Samantha

Samantha Abliter Torres, philippinische Staatsangehörige, katholisch, Alter 27, verheiratet, zwei Kinder, hatte einen Zehnmonatsvertrag als Kabinensteward auf der „White Condor" unterschrieben. Sie gehört zu einer der vielen Familien, die unter der Armutsgrenze lebten. Ihr Mann arbeitet in einem Callcenter, das sich in einem dieser neuen Bürotürme in Manila niedergelassen hat und dessen Dienste vor allem von amerikanischen Firmen in Anspruch genommen werden. Ihr war es leider nicht gelungen dort unterzukommen, sodass sie für einen Job das Land verlassen musste. Ihre Kinder wuchsen inzwischen bei den Großeltern auf. In der Hoffnung auf eine bessere Zukunft und um alte Schulden zu bezahlen überwies sie jeden Cent, den sie entbehren konnte an ihre Familie.

Man hatte ihr sechzehn Kabinen zugeteilt, die sie täglich zu betreuen hatte, was nichts anderes hieß als Betten machen, Putzen, Saugen und Reinigen. Hinzu kamen Aufräumjobs, die nach den vielen Abendveranstaltungen auch noch nachts regelmäßig anfielen. Ihr Arbeitsbereich lag auf dem vierten der vierzehn Decks des Schiffes. Sie kümmerte sich um Innen- und Außenkabinen mit Bullaugen, also die preiswerteren Kategorien. Die teureren Außenkabinen mit Balkon und die Suiten der Decks dreizehn und vierzehn beherbergten ein anderes Publikum, das auch wesentlich höhere Trinkgelder zahlte, wie sie von einer Kollegin wusste. Dass sie kaum Deutsch sprach war der Hauptgrund warum sie nicht in diesem Bereich arbeiten durfte.

Der Begriff Überstunden gehörte nicht zum Wortschatz der Schiffsleitung. Die vergeblichen Bemühungen der Internationalen-Transportarbeiter-Gewerkschaft und der Vereinten Nationen Änderungen herbeizuführen wurden denn auch von keinem der Betroffenen mehr ernst genommen.

Wenn Samantha so gegen Mitternacht todmüde ins Bett fiel konnte sie nicht einmal mehr ihre indische Mitbewohnerin stören, die als überzeugte Hindu, es wohl gut fürs Karma hielt, wenn brennende Kerzen die verbrauchte Luft noch weiter verschlechterten. Zu Beginn der Reise hatte sie versucht eine Kabine mit einer Frau aus ihrem Kulturkreis teilen zu können. Man hatte sie jedoch abgewiesen mit dem Argument, dass es an Bord über sechzig Nationalitäten gäbe, so dass man auf persönliche Wünsche keine Rücksicht nehmen könne. Im Übrigen sei Multi-Kulti eine in Deutschland forcierte politische Richtung zur Vermeidung der Diskriminierung von Minderheiten.

Inzwischen wusste sie, diese Politik der Kabinenbelegung diente ausschließlich dazu persönliche Kontakte, und damit gemeinsame Forderungen nach höheren Löhnen an Bord zu verhindern.

Extrem lästig empfand sie jedoch das ständige Mobbing durch ihren Supervisor und die anzüglichen Sprüche ihres Vorarbeiters. Sollten die sich doch an Land befriedigen oder bei der Professionellen, die sich in einer Suite auf Deck 13 einquartiert hatte. Sie liebte ihren Mann und würde mit keinem dieser Kerle etwas anfangen. Den chronischen Schlafmangel und ihre zunehmenden Depressionen hatte sie allerdings seit einiger Zeit mit Alkohol betäubt, denn sie befand sich bereits seit über einem Jahr fern ihrer Familie, da sie sich für eine einkommenslose Wartezeit zwischen zwei Verträgen keinen Rückflug leisten konnte.

Trotz aller Widrigkeiten hielt sie stur an ihrem Ziel fest, möglichst schnell viel Geld zu verdienen. Um dies zu erreichen und um überhaupt in diesem feindlichen Umfeld bestehen zu können, hatte sie sich eine ausgeklügelte Überlebensstrategie zu Eigen gemacht. Das heißt diese war ihr völlig unerwartet zugeflogen. Sie erinnerte sich noch genau an diesen Morgen. Nachdem sie den Mannschaftsbereich verlassen und sich das von der Reederei vorgeschriebene Lächeln ins Gesicht gezaubert hatte, sie beherrschte dieses eingemeißelte Dauer-grinsen inzwischen wie ein Politiker auf Wahl-kampf-Tournee, schob sie ihren Servicewagen durch den schier endlosen Gang. Ein neuer Tag begann. Sie griff nach der roten Box, in der sich die Putzutensilien befanden und öffnete mit ihrer Ge-neralkarte die Kabine 4150, nachdem sie den grü-nen Please-Clean-Anhänger vom Türknauf entfernt hatte.

Diese Kabine gehörte einem älteren Ehepaar, das sich zu dieser Zeit im Restaurant mit einem ausgiebigen Frühstück beschäftigte. Heute war je-doch alles anders. Keiner der beiden Alten hatte ihr Eintreten bemerkt und so wurde sie völlig unbeab-sichtigt Zeugin wie der Ehemann Rudolf Hübner den Schranksafe verschloss, indem er viermal auf die gleiche Zahl drückte. Sie registrierte es ledig-lich am Rande, und es fiel ihr auch nur auf weil er sich mit der Hand an der Safetür abstützte und mit dem Daumen immer auf die gleiche Stelle drückte.

Sie fuhr erschrocken zusammen. „Oh, I`m so sorry!" entfuhr es ihr, worauf sie sich beeilte die Kabine wieder zu verlassen, denn Gästebeschwer-den waren ein beliebtes Druckmittel ihrer Chefs zusätzliche Arbeiten entgeltlos durchzusetzen.

„No, no, no!" kreischte Rita Hübner ihre liebste englische Vokabel. „Nun sag du doch auch mal was

Rudolf", schob sie ihm dann routiniert die Verantwortung zu.

Samantha kannte die Namen ihrer Gäste. Regelmäßig lernte sie auf dieser einwöchigen Ostseetour die neuen hinzu. Zur Sicherheit trug sie auch noch einen Zettel in der Tasche, denn diese Menschen mit dem vielen Geld zeigten sich trinkgeldfreudiger, wenn man sie persönlich ansprach.

„Please! Stay here!" Rudolf folgte stets den Wünschen seiner Angetrauten, da sie als Gegenleistung seinen weit über dem statistischen Durchschnitt liegenden Alkoholkonsum kommentarlos tolerierte. Dass sie keine Suite bewohnten hatte ausschließlich terminliche Gründe. Rita, die sonst südliche Gefilde bevorzugte, hatte plötzlich, zu ihrem achtzigsten Geburtstag, den dringenden Wunsch verspürt einmal die Gewässer zu bereisen, in denen ihr Vater, an Bord des Kreuzfahrtschiffes „Wilhelm Gustloff", zusammen mit über neuntausend anderen Passagieren ums Leben gekommen war, nachdem ein russisches U-Boot sie torpediert hatte.

„We are just leaving", Rudolf klappte die Schranktür zu.

„We are late, because of too much alcoholic drinks, last night," ergänzte Rita, deren aktiver Wortschatz sich plötzlich erweitert zu haben schien.

Nachdem die beiden verschwunden waren erledigte Samantha ihre Arbeiten bis hin zum Falzen des Toilettenpapiers, wobei sie zum ersten Mal nicht daran dachte, was ihre Kinder gerade machten, sondern was sie wohl sehen würde wenn sie viermal auf die richtige Zahl des vierstelligen Codes drückte.

Samantha besaß zwar nur eine einfache Schulbildung, aber sie wusste schon, dass es zehntausend Möglichkeiten gab den Safe sicher zu verschließen. Nämlich mit den Zahlen von 0001 bis 9999 zuzüglich der vier Nullen. Es war völlig unmöglich diese, in der kurzen zur Verfügung stehenden Zeit, sämtlich durchzuprobieren. Bei vier gleichen Zahlen jedoch gab es nur noch zehn Alternativen. Das würde keine zwei Minuten dauern. Sollte sie jedoch erwischt werden, war sie nicht nur ihren Job los, sie musste auch mit einer Anklage rechnen und würde nie wieder irgendwo angestellt werden. Zudem würde man ihr sämtliche unaufgeklärten Diebstähle der letzten Zeit in die Schuhe schieben. Andererseits, sie zögerte und putzte erneut den fleckenlos glänzenden Badezimmerspiegel. Dann traf sie ihre Entscheidung, nachdem ihr zum x-ten Mal bewusst geworden war, dass sie mit dieser Arbeit ihren Kindern zwar eine bessere Schulbildung ermöglichen könnte, gleichzeitig aber entscheidende Jahre ihrer Entwicklung verpassen würde.

Nach einem kurzen Blick durch den menschenleeren Gang, in dem lediglich zwei weitere Servicewagen standen, lehnte sie die Kabinentür leicht an und öffnete den Schrank. Sie trug noch ihre Gummihandschuhe, auf die sie bei Arbeiten im Bad nie verzichtete. Wie es auch ausging, Fingerabdrücke am Safe wollte sie nun wirklich nicht hinterlassen. Sie bemerkte plötzlich wie durchgeschwitzt sie war. Dann drückte sie viermal die Null.

„Error", erschien auf der Sichtleiste des Safes. Warum nimmst du auch die Null, dachte sie? Kein Mensch will eine Null sein. Sie wählte die Neun. Neun Monate benötigte ein Kind um auf diese ungerechte Welt zu kommen. Neun Leben hatte eine Katze. „Error" zeigte der Safe erneut an.

Der Schweiß lief ihr den Rücken herunter. Sollte sie aufhören? Konnte sie überhaupt immer so weiter machen oder blockierte das System nach einer bestimmten Zahl von Fehlversuchen? Dann könnte nur sie die Schuldige sein.

Noch einmal, nahm sie sich vor, dann höre ich auf. Es war doch sowieso nur eine Schnapsidee. Sie tippte viermal auf die Eins. Der Erste will schließlich jeder sein, das gilt auch für alte Leute.

Die Safetür öffnete sich mit einem leisen Plop. Sie war so überrascht, dass sie einen kleinen Aufschrei nicht ganz verhindern konnte. Dann erblickte sie zwei dieser weinroten deutschen Reisepässe, Tickets für gebuchte Ausflüge, einen undefinierbaren Stapel verschiedener Papiere und einige Zweieuromünzen. Doch was ihren Blick magisch anzog war ein mehrere Zentimeter hoher Stapel Euroscheine mit unterschiedlichen Werten. Blaue Zwanziger, braune Fünfziger und ganz oben einen, den sie noch nie gesehen hatte, einen gelblichen Zweihunderter. Von diesem Packen hätten sie und ihre Familie viele Jahre leben können. Sie fasste nichts an, klappte den Safe wieder zu und tippte viermal die Eins. Dann verließ sie hastig die Kabine und arbeitete etwas schneller um die verlorene Zeit wieder einzuholen. Erst als sie später allein und erschöpft in ihrer Koje lag, durchdachte sie was sie heute getan hatte. Heute umnebelten sie keine Duftkerzen, denn ihre Mitbewohnerin musste als Komparsin bei einer asiatischen Exklusiv-Show auftreten. Da es dort zwei Gläser Champagner, sowie Canapés umsonst gab, war die Bude natürlich gerammelt voll. Samantha hatte sich schon oft gefragt warum die Passagiere sich eigentlich immer so voll stopften. Nur weil es nichts kostete oder weil sie das Gefühl hatten schon dafür bezahlt zu haben. Deswegen waren viele wohl auch so fett.

„Das darfst du nicht einmal denken", hatte ihr Supervisor sie angeherrscht, als sie ihn einmal darauf angesprochen hatte um ihn von lüsternen Gedanken abzulenken. „Unsere Gäste sind nicht fett. Einige sind vielleicht etwas adipös, aber das kann auch ganz andere Ursachen haben."

Konzentriere dich, ermahnte sie sich ärgerlich. Schließlich geht es um Beträge, die ein jahrelanges arbeitsfreies Leben ermöglichen. Das Geld war gestapelt aber nicht nach Notenwerten geordnet. Jedoch auch nicht achtlos in den Safe geworfen. Man schätzte es also, betete es aber nicht an. Bevor sie völlig abgeschlafft einschlief, nahm sie sich vor den Safe morgen nochmals zu öffnen um zu sehen, ob alles noch so angeordnet war wie es sich heute unauslöschlich in ihr Gedächtnis eingegraben hatte. –

Samantha erwachte vor der erforderlichen Zeit durch das entsetzliche Schnarchen ihrer abgefüllten Bettnachbarin. Wahrscheinlich hat sie sich wieder vollgedröhnt um nicht ganz irre zu werden, dachte sie mitfühlend. Sie selbst musste auch schon mehrmals als Statistin auftreten und war immer noch geschockt über die dämlichen Witze die diese reichen Menschen zum Lachen brachten und über die ordinären Darbietungen die sie so sexy fanden. Reiche sind nicht zwangsläufig auch klüger oder haben einen besseren Geschmack, entschied sie. Außerdem halte ich sie nur für reich, weil ich arm bin. In ihren Kreisen sind viele wahrscheinlich arme Schlucker, die diese Reise mit einem Bankkredit finanziert haben, den sie danach abstottern müssen.

Sie stand auf, wusch sich und begann ihre Frühschicht. Während sie den ersten Kabinenteppich saugte, stand ihr Plan fest. „Ich werde mir den Safe gleich noch einmal ansehen," hatte sie sich eingebläut. „Liegt alles noch genauso an gleicher Stelle, vergesse ich diese sündigen Gedanken. Wurden die Zahlen geändert, ist ebenfalls Schluss. Sieht`s im Safe verändert aus, werde ich es riskieren."

Dein Plan hat gravierende Schwächen überlegte sie später. Er berücksichtigt nicht, dass die Hübners ihren Safe überhaupt nicht öffnen mussten. Schließlich kann man reales Geld an Bord kaum ausgeben, denn die Plastik-Bordkarte ist nicht nur Zugang zum Schiff und Kabinenschlüssel, sondern auch das Zahlungsmittel an Bord. Die Reederei ist nämlich besorgt um das Wohl ihrer Mitarbeiter und möchte sie, insbesondere die in den unteren Gehaltsgruppen, nicht in Versuchung führen. Schließlich hatte der Anblick scheinbar herrenlosen Geldes selbst die latenten kriminellen Neigungen hoher politischer und kirchlicher Würdenträger geweckt.

Samantha war dies nicht bewusst, ihr war jedoch inzwischen klar, dass sie in jedem Fall zugreifen musste. Das war sie einfach ihren Kindern schuldig. Als sie Kabine 4150 erreicht hatte, verstummten ihre Zweifel und „Was-ist-wenn" Überlegungen. Sie drückte viermal auf die Eins und wäre fast in Tränen ausgebrochen, als sie das ersehnte Plop wahrnahm.

Im Safe sah es aus wie nach einem Bombenangriff. Sie griff vorsichtig nach einem 50 Euroschein und wollte die Tür bereits wieder schließen, als ihr einfiel, dass die Strafe wohl auch nicht viel höher ausfallen würde, wenn sie etwas mehr nähme. So zupfte sie noch einen Fünfziger aus dem Stapel und dann, weil sie so etwas bis gestern noch nie gesehen hatte, eine dieser 200 Euro Noten.

Sie schloss wieder ab und legte die obligatorische Dankeskarte auf den Beistelltisch. Auf dieser stand, dass es ihr große Freude bereitet hatte der Kabinensteward zu sein und sie ihre Gäste gern bald wiedersehen würde und ansonsten eine gute Heimreise wünsche. Kabinensteward dachte sie jedes Mal wieder verärgert. Sie war nichts weiter als ein unterbezahltes, ständig putzendes Zimmermädchen.

Dann brachte sie ihre Arbeit zu Ende und wartete später im Bett, schweißdurchtränkt auf ihre Hinrichtung.

Als am anderen Morgen die White Condor in Warnemünde festgemacht hatte, und die Passagiere begannen von Bord zu gehen, war sie zu ihrer großen Überraschung immer noch nicht festgenommen. Nun erst schöpfte sie Hoffnung ungestraft davonzukommen. Sie eilte zu ihren Kabinen, die jetzt leer standen, aber schnell gereinigt werden mussten, denn in wenigen Stunden trafen die neuen Gäste ein. Diese hatten die gleiche einwöchige Rundreise über Tallin, St. Petersburg, Helsinki, Stockholm bis zurück nach Warnemünde gebucht.

Kabine 4150 stand leer, wie alle anderen auch. Auf der Herzlichen Dank Karte lag eine zwei Euro Münze.

Na, das ist doch mal was, dachte Samantha. In den anderen Kabinen hatte es ebenfalls kaum Anerkennungsprämien gegeben, denn die Reederei pries ihre Kreuzfahrten mit dem Slogan „inklusive Trinkgelder" an. So musste sich der erholungsbedürftige Gast auch darum nicht mehr kümmern. Als völlig ungerecht hatte sie es immer empfunden, dass von diesem Trinkgeld, sollte es denn im Reisepreis enthalten sein, noch nie etwas bei ihr angekommen war.

Die Arbeit ging ihr flott von der Hand. Dieses Ausmaß an Glückseligkeit hatte sie schon lange nicht mehr erlebt. Es schien auch ihre Kreativität zu stimulieren. Warum sonst hatte sie sich jetzt schon zum zweiten Mal dabei ertappt, wie sie über die Möglichkeiten einer Wiederholung dieses Coups nach- dachte. Wenn nämlich diese „Alten" nicht nur die Gewohnheit verband, kein Trinkgeld zu geben, sondern ihr nachlassendes Kurzzeitgedächtnis sie auch dahingehend einte, alzheimerresistente Safenummern zu wählen, die es ihnen selbst nach einem Abend mit „too much alcoholic drinks" ermöglichten, ihre über lange Jahre angehäuften Statussymbole in Form von goldenen Pretiosen, antikem Geschmeide und Rolex-Uhren sicher zu verstauen.

Was lernt man zuerst in der Schule? Samantha zwang sich zu logischem Denken. Euphorie war immer nur von kurzer Dauer. Was sie brauchte war ein nachhaltig gesichertes Zusatzeinkommen. Einmal in die Kasse greifen war nur sinnvoll, wenn es für den Rest des Lebens reichte. So etwas würde sie nie schaffen. Das war den Großen dieser Welt vorbehalten. Sie sah sich eher als Kirchenmaus oder vorsorgendes Eichhörnchen.

Das ABC, beantwortete sie ihre eigene Frage. Lesen, Schreiben, Rechnen, Lehrer ärgern. Alles ohne Relevanz, korrigierte sie sich sofort, wie willst du damit einen Safe öffnen?

Das kleine Einmaleins fiel ihr plötzlich ein. Verdammt, das war es. Schauer der Erregung liefen ihr über den Rücken. Das Herz schlug ihr bis zum

Hals. Die Zahlen von eins bis vier. Nicht ganz so simpel wie vier gleiche Ziffern, dafür versprachen sie aber auch mehr Sicherheit, bei noch besserer Merkfähigkeit. Gleich Morgen würde sie es ausprobieren.

Sie war so glücklich, dass sie sogar ihrer bettnachbarlichen, hinduistischen Kerzenfetischistin bei deren letzten beiden Kabinen half.—

Samantha ließ sich Zeit. Auf dem ersten Seetag nach Tallin, lernte sie ihre neuen Gäste kennen. Von den sechzehn Kabinen waren zwölf mit Rentnerehepaaren belegt. Diese waren ihre Kernzielgruppe. Die Jüngeren ließ sie außen vor, weil sie meistens über weniger Geld verfügten und oft auch Zahlen wählten, die mit den Geburtstagen ihrer Partner zusammenhingen. Zumindest glaubte sie das. Als die White Condor am dritten Tag um acht Uhr morgens in St. Petersburg einlief, sah sie ihre Stunde heranrücken. Alle ihre Gäste hatten Ausflüge gebucht. Da sie ausschließlich mit Gruppenvisa unterwegs waren, konnte auch niemand einen Bus verlassen und eher zurückkommen. Zudem wollten sie sämtlich die Eremitage sehen, was stets viel Zeit in Anspruch nahm, da die Besucher, nach langem Warten, busweise durch den Winterpalast geschleust wurden. Weitere Verzögerungen verursachten die umständlichen Pass- und Zollkontrollen, die heute noch zeitraubender ausfallen würden, da Putin seinen türkischen Amtskollegen Erdogan zum Staatsbesuch erwartete.

Nach Schichtende saß sie auf ihrem Bett und weinte. Von den zwölf Kabinensafes hatte sie sieben öffnen können. Sechs mit der Folge eins bis vier, einen mit den bereits bewährten vier Einsen. Dabei hatte sie Unglaubliches gesehen. Prall gefüllte Brieftaschen, Rentner-, Personal- und Schwerbehinderten-Ausweise, Gesundheits- und Payback-Karten. Pässe gab es naturgemäß nicht, die benötigte man für die russischen Behörden. Den größten Raum nahmen jedoch EC-Karten, Master-, Visa- und Barclay-Cards inklusive kleiner Zettel mit den dazugehörigen Geheimzahlen ein. Samantha wäre es nie in den Sinn gekommen eine dieser Karten zu stehlen, um damit vielleicht Tausende Euros abzuheben. Das hätte sie als schwerwiegende Straftat empfunden. Das galt auch für Sachwerte. Schmuck oder ähnliches waren für sie tabu. Sich hier und da mal ein Scheinchen aus einer Menge von vielen herauszuzupfen, empfand sie dagegen nur als lässlichen Mundraub.

Aus vier der Safes hatte sie sich bereits bedient. Das chaotische Durcheinander lud sie förmlich dazu ein. Die übrigen drei bewahrte sie sich für den zweiten Seetag von Stockholm nach Warnemünde auf. Die penible Safeordnung ließ sie vermuten, dass es sich um ehemalige Buchhalter oder Finanzbeamte handelte, die dreimal täglich ihr Geld zählten. Siebenhundertfünfzig Euro hatte sie bisher eingenommen. Es wären noch mehr geworden, wenn sie nicht in einem Safe nur hundertzwanzig Euro Bares vorgefunden hätte. Niemals würde sie zwei verarmten Alten Geld abnehmen. Sie hatte kurz daran gedacht noch einen Fünfziger hinzuzulegen, diesen Gedanken dann aber verworfen. Die restlichen Safes versprachen noch ein Potential von zweihundertfünfzig Euro, so dass sie in dieser Woche steuerfreie Zuwendungen von tausend Euro vereinnahmt hatte. Da sie sich noch in der Gründungsphase befand, konnte sie nicht sagen ob das eher viel, wenig oder durchschnittlich war. Wenn sie von letzterem ausging machten das über vier Mille monatlich oder im Jahr…sie durfte gar nicht daran denken. Sollte sie ihre Familie kommen lassen? Dann hätte sie auch mehr von den Kindern. Aber das war reines Wunschdenken, denn von Bord kam sie ganz selten und dann auch nur für wenige Stunden.

Zwei Reisen später war ihr jedoch klar, dieses Geld hatte ihr Leben verändert. Zu allererst hatte sie sich ein neues Bank-Konto eingerichtet, da sie ihr Zusatzeinkommen nicht nachhause schicken konnte. Das würde niemand verstehen, besonders ihr Mann nicht. Darauf hatte sie noch einen weiteren Sechsmonats-Vertrag abgeschlossen. Alles lief gut für sie. Keine Sorgen, Klagen, Probleme oder Beschwerden. Im Gegenteil, sie machte Karriere, denn sie durfte demnächst auf dem zwölften Deck arbeiten. Es zahlte sich doch immer aus, wenn man bescheiden und maßvoll blieb. Nie fiel ein Verdacht auf sie, da auch keine Diebstähle gemeldet wurden. Lediglich einmal war ihr ein bizarres Erlebnis widerfahren. Ein älteres Ehepaar verließ am Ende einer Reise seine Kabine, wobei der Mann, ein distinguierter Herr mit gepflegtem Äußeren und einem sympathischen Lächeln im Gesicht seiner Frau zu zischte: „Du blödes Miststück! Schon wieder hast du mich beklaut. Hätte ich damals bloß auf meine Mutter gehört."

Shit happens, hatte sie schmunzelnd gedacht, sowie an die dreihundert Euro, die sie seinem Safe entnommen hatte.

Koinzidenz

Peter Körner nippte genüsslich an seinem Ouzo und blickte kopfschüttelnd, aber rundum zufrieden, aus einem Fenster der Ocean Bar auf das hektische Gewusel, das sich ihm darbot. Wie ein Ameisenhaufen, den man mit einem Stock aufgescheucht hatte. Ein jeder wollte oder musste irgendwo hin und betrachtete daher andere Zeitgenossen, die mit ähnlichen Absichten unterwegs waren, als Störfaktoren, über die man sich zu gegebener Zeit bei der Reiseleitung beschweren würde.

Heute waren die Verhältnisse besonders chaotisch, denn es hatten neben der „White Condor", die ihren Liegeplatz an Pier Nr. 5 gefunden hatte, noch zwei weitere Kreuzfahrtschiffe festgemacht. Peter Körner genoss die Ruhe an Bord, wenn diese endlosen Menschenmassen das Schiff verlassen hatten, um als *Weltentdecker*, wie der Schiffsprospekt diesen Exodus anpries, in organisierten Ausflügen die verstopften Straßen St. Petersburgs noch weiter zu belasten.

Die sind alle erst wieder happy, dachte er vergnügt, wenn sie mit ihren Ärschen im richtigen Bus sitzen und der Reisebegleiter ihnen erklärt, wo sie sich gerade befinden und welche sensationellen Erlebnisse ihnen in den nächsten Stunden bevorstehen.

31

Er selbst war bisher nie mit einem Schiff gefahren, außer mal über die Elbe von Blankenese nach Cranz. Daher würde er auch niemals auf den absurden Gedanken kommen, gemeinsam mit fünfzig dieser Weltentdecker, sich in einem engen Bus, durch die Hafenstädte dieser Welt zu zwängen. Wie hielten diese Menschen das bloß aus? Dabei dachte er nicht an die Businsassen, sondern an die Einwohner, die ständig von diesen Massen überflutet wurden. Es begann sich auch bereits Widerstand zu regen gegen diesen Heuschrecken-Tourismus, sowie der damit verbundenen Luftverschmutzung durch die ständig laufenden Schiffsmotoren. Heute würden, schwach geschätzt, mindestens zehntausend Besucher in die Stadt eingefallen sein, überlegte er. Sicher, einige verdienten daran, aber die am meisten darunter litten, bestimmt nicht.

Er bestellte sich einen weiteren Drink. Mach dir keine Gedanken über die Probleme anderer Leute, ermahnte er sich, du hast eigene genug. Er hatte diese einwöchige Reise gebucht, um sich, fern seiner vertrauten Umgebung, Klarheit darüber zu verschaffen, wie er sein Leben zukünftig gestalten sollte. Alle Fakten sprachen eigentlich dafür seine berufliche Karriere zu beenden und ein beschauliches Leben als Privatier zu führen. Finanziell war er abgesichert und mit Ende Vierzig sollte sich ein schwer arbeitender Mann, auch mal etwas Ruhe gönnen. So weit war er mit sich im Reinen. Er besaß nur keine konkrete Vorstellung darüber, wie er diesen Ruhestand organisieren sollte. Wenn er weiter dieses unstete Leben in Luxus-Hotels führte, gäbe es nie ein berufliches Ende, die Versuchungen waren einfach zu groß. Er musste also irgendwo sesshaft werden, ein Haus kaufen, vielleicht sogar eine Familie gründen und was noch so alles damit einher ging.

Dies alles war ihm voll bewusst, und er war auch bereit dazu. Was ihn jedoch fast zur Verzweiflung trieb war die schier unlösbare Frage unter welcher Identität er seine Pläne realisieren sollte. Davon besaß er nämlich eine ganze Reihe. Und dabei zählte er die qualitativ nicht so guten belgischen und britischen Pässe, die er einst für weniger als tausend Euro das Stück von Billiganbietern aus Osteuropa und Asien erworben hatte, noch gar nicht mit. Er war nämlich fest entschlossen sich mit einer deutschen Identität ins Privatleben zurückzuziehen. Von diesen besaß er drei. Jede enthielt einen kompletten Satz aller zum Leben nötigen Dokumente, von der Geburtsurkunde, über Schul- und Studienabschlüsse, bis hin zu biometrischen Personalausweisen und Pässen mit integrierten Funkchips, Lichtbildern und Fingerabdrücken. Er hatte für jedes Set über Zwanzigtausend bezahlt, was am Anfang seiner Karriere noch viel Geld für ihn bedeutete. Trotzdem hatte er diese Ausgaben als Investitionen für eine vorstrafenfreie und sichere Zukunft betrachtet. Bisher hatte die Realität seine Visionen immer als zutreffend abgesegnet. Nun hieß es für ihn eine endgültige Entscheidung zu treffen zwischen drei unterschiedlichen Backgrounds. Welcher versprach ein sorgenfreieres Leben? Ein Zurück würde es dann nicht mehr geben.

Ihm blieb die Wahl zwischen dem Syndikus eines Wirtschafts-Multis, einem Stationsarzt und einem freiberuflichen Finanzberater. Mit allen drei Rollen fühlte er sich vertraut, da er jahrelang in ihnen gelebt hatte. Ihn nervten allerdings schon jetzt die dämlichen Fragen der neuen Nachbarn, denen man sich nicht ganz entziehen konnte: „Wie viele kleine Unternehmen wurden denn damals von ihnen geschluckt?" „Haben sie schon mal eine Leber transplantiert?" „Na, mal ehrlich, wie oft lagen sie mit ihren Anlagetipps daneben?"

Plötzlich hatte er genug von diesem geschäftigen Treiben und beschloss die Bar zu wechseln. Davon gab es immerhin zwölf an Bord und wenn zu dieser frühen Stunde auch noch nicht alle in Betrieb waren, würde er sicher eine finden, die einen Blick in andere Richtungen gestattete. Auf jeden Fall würde die Pool-Bar geöffnet sein.

Als sein Drink vor ihm stand, lehnte er sich entspannt zurück. Auf dem Weg hierher hatte er sich spontan entschieden. Er würde sich als ehemaliger Finanzberater zur Ruhe setzen. Das war eindeutig am unverbindlichsten. Man benötigte kein dezidiertes Fachwissen wie als Jurist oder Mediziner, sondern konnte frei drauflos plaudern solange man Aktien nicht mit Anleihen verwechselte und Finanzprodukte der Commerzbank nicht mit mündelsicheren Anlagen.

Das Leben war doch schön stellte er heute schon zum zweiten Mal fest. Insbesondere wenn man auf ein so erfolgreiches, wie er es geführt hatte, zurückblicken konnte. Er war immer einer der besten seiner Zunft gewesen. Und wenn er wollte, war er es auch heute noch. Schließlich gehörte er längst noch nicht zum alten Eisen. Ihm war einmal zufällig während eines Geschäftstermins ein Berufskollege begegnet, der am Nebentisch eine ältere Blondine aufbereitete. Sie hatten beide sofort gewusst, im gleichen Metier tätig zu sein. Auf der Toilette vertraute ihm der andere an, erst mit Mitte Vierzig seine Karriere begonnen zu haben. Seinen Namen hatte er ihm natürlich nicht gesagt.

Ich könnte also jederzeit meinen Rücktritt vom Rücktritt erklären, wenn mir einmal danach sein sollte, überlegte er, und wieder ins Geschäft einsteigen. Aber wozu, fragte er sich dann. Das Geld brauchst du nicht und die Arbeit hat dich zum Schluss auch nur noch gelangweilt. Das war auch nicht sehr verwunderlich, denn er hatte in allen Kontaktsegmenten und mit allen Opfertypen erfolgreich gearbeitet.

Begonnen hatte alles, nachdem er als junger Mann feststellte, wie wild die Frauen nach ihm waren. Nicht nur die in seinem Alter, auch deren Mütter. Anfänglich erkannte er überhaupt nicht die Möglichkeiten, die sich daraus ergaben. Es gefiel ihm nur, dass er, zum Ärger seiner Mitschüler, immer die schönste Freundin hatte.

Erst als einer seiner Lehrer sich nach bestandenem Abitur ein letztes Mal vor die Klasse stellte und sagte: „Hört mal zu Leute. Ihr stürzt euch jetzt ins Arbeitsleben oder beginnt ein Studium. Der letzte gute Rat, den euch eure alte Schule noch mitgeben kann, ist folgender. Verzettelt euch nicht bei der Suche nach Vollkommenheit. Das wird nichts, glaubt mir, denn Nobody ist perfect. Stärkt eure Stärken und konzentriert euch auf eure Begabungen. Eure Schwächen bedeckt schamhaft und überlasst es anderen danach zu suchen. Ich schätze mal", hatte er dann noch hinzugefügt, da er als Scherzbold bekannt war, „drei bis vier von euch werden es bis in die Regionalpresse schaffen, vom

Rest erfahre ich dann erst wieder durch ihre Todesanzeigen."

Diese richtungsweisenden Worte hatten sich tief in sein Gedächtnis eingegraben. Er hatte durch sie seine Bestimmung gefunden. So begann er ein Medizinstudium, weil er damals, naiv wie ein Abiturient nur sein konnte, noch dachte ein lückenloser Lebenslauf müsste auch real stattgefunden haben. Als man ihn dann nach einigen Semestern aufforderte aus dem Knie einer Leiche den Meniskus zu entfernen, erkannte er plötzlich das leuchtende Primat der Jurisprudenz in der Gesellschaft, das ihm bisher verborgen geblieben war. Er sattelte sofort auf Jura um, vergaß dabei aber nicht weiter intensiv an seinen Stärken zu arbeiten.

Bereits im ersten Semester war ihm aufgefallen, dass eine große Anzahl der weiblichen Studenten ihre Zeit nicht damit vergeudete, sich beispielsweise die verwirrenden Inhalte des Bürgerlichen Gesetzbuches einzuverleiben, sondern ständig auf der Suche nach karriereversprechenden, potentiellen Ehekandidaten unterwegs war.

Diesen Ladys verdankte er sehr viel. Er erfuhr wie sie tickten, lernte ihre unerfüllten Sehnsüchte kennen, ihren Wunsch nach Liebe, Geborgenheit, einer ernsthaften Beziehung mit einem Mann, der ihnen später ein sorgenfreies, finanziell abgesichertes Leben ermöglichen würde. Es war wie eine zusätzliche Lehre während des Studiums, nur dass es später keine Prüfung an der Handelskammer gab. Er begriff sehr schnell wie er aufzutreten hatte um als Garant für die Erfüllung aller Träume akzeptiert zu werden. Ab sofort legte er Wert auf eine gepflegte, seriöse äußere Erscheinung und nahm an einem Sprachkurs teil, der höhere Akzeptanz und persönlichen Erfolg durch eine verbesserte Eloquenz versprach. Sehr schnell begriff er auch, welche der zur Verfügung stehenden Kandidatinnen als spätere Opfer besonders geeignet erschienen und von welchen man sich unbedingt fernhalten musste. Unscheinbare Leichtgläubige mit schwachem Selbstwertgefühl waren am besten in die gewünschte Richtung zu lenken, aber die fanden sich auch nicht überall. Wichtiger noch war arm von reich unterscheiden zu lernen, denn nichts war deprimierender als nach aufreibenden Investitionen in Zeit, Energie und Gefühlsduseleien feststellen zu müssen, das Opfer bezog Bafög.

Da er seine Bewerberinnen, wie er sie inzwischen nannte, als reine Lehrobjekte betrachtete, wäre er nie auf den Gedanken gekommen ihnen wirtschaftlichen Schaden zuzufügen. Er wollte einfach nur lernen. Gelegentlich wurde er von den Eltern einer seiner Eroberungen zum Diner in einem Nobelhotel eingeladen. Anfänglich lachte er darüber und dachte man wolle nur überprüfen ob der Schwiegersohn in spe auch mit Messer und Gabel essen könne. Doch dann betrachtete er diese Events differenzierter. Einladung hieß schließlich, sie hatte von ihm zuhause erzählt, was an sich schon ein Erfolg war. Einladung ins Hotel bedeutete, man wusste noch nicht so recht und wollte sich keine Blöße geben. Bei einer Einladung ins eigene Haus war man fast so gut wie verlobt.

Irgendwann wurde ihm bewusst, dass er feste Regeln benötigte nach denen er später arbeiten konnte. So etwas gab es schließlich in jedem Beruf, gleich ob man Banker, Notar oder Chirurg war. Die Idee war ihm gekommen als während einer juristischen Vorlesung, die er gelegentlich auch noch besuchte, der Prof den Artikel 20, Absatz 2 des Grundgesetzes der Bundesrepublik Deutschland erwähnte: „Alle Staatsgewalt geht vom Volke aus." Da er in Gedanken immer nur bei seiner Sache war, ganz gleich wo sich sein Körper befand, hieß dies für ihn: "Jede Initiative geht vom Opfer aus." Das war ab sofort seine Grundregel Nummer eins.

Er würde zwar immer höflich und charmant sein, seinem weiblichen Klientel aber niemals etwas aufschwatzen wie ein Gebrauchtwagenverkäufer oder irgendwelche materiellen Forderungen an seine zukünftigen Opfer stellen. Diese mussten selbst kommen, ihm ihr Geld geradezu aufdrängen und zu Tode betrübt sein wenn er die Annahme verweigerte. Diese Vorgehensweise würde später nicht nur die aus Scham bereits extrem niedrige Anzeigenquote weiter senken, sondern ihn auch fast unantastbar machen.

Dies erinnerte ihn an das miserable Image der Branche, die er sich ausgesucht hatte. Es rangierte noch unter dem Ansehen von Gerichtsvollziehern, Bankdirektoren, EU-Politikern und Rechtspopulisten, lag aber deutlich über dem pädophiler Priester.

Er hatte das eigentlich nie so richtig begriffen. Schließlich war jedes wirtschaftliche Handeln darauf ausgerichtet das Geld anderer Leute in die eigene Tasche zu lenken und zwar möglichst viel, schnell, nachhaltig und mit dem geringsten Aufwand. Das war nicht nur legal, sondern wurde auch an der Uni gelehrt. Ökonomisches Prinzip nannten es die Betriebswirte. Denn was machen die internationalen Banken, wenn sie etwas nicht verkaufen können? Sie legen noch etwas anderes Unverkäufliches hinzu und basteln daraus ein neues Finanzprodukt, das sofort rasenden Absatz findet. Erleiden die Käufer dann damit Totalverluste, zerrt man die Banker nicht etwa vor Gericht, sondern überschüttet sie mit Bonuszahlungen.

So geht es eigentlich überall zu. Da der Mensch ein irrationales Wesen ist, verkaufen sich Träume am besten. Träume vom großen Geld füllen die Lottoscheine und die Spielkasinos. Träume nach Schönheit bei ständiger Jugend und langem Leben füllen die Kassen der Pharmaindustrie. Besitzt man bereits alles, füllen die Träume nach Liebe, Glück und einem späteren himmlischen Leben, die Kassen der Heiratsvermittler, Gurus und kirchlichen Organisationen.

Bei all den großen Übeln auf dieser Welt, ist es eigentlich unverständlich warum ausgerechnet unsere Berufsgruppe so ein schlechtes Ansehen genießt, überlegte er. Sicher gab es Versprechungen, die nicht eingehalten wurden, aber die machten doch Politiker in noch viel stärkerem Maße.

Zudem ist der volkswirtschaftliche Schaden den wir anrichten völlig zu vernachlässigen und die Anzahl der gebrochenen Herzen ist im Vergleich zu einer Scheidungsrate von fünfzig Prozent verschwindend gering. Wir schenken doch schließlich ebenfalls Freude, wenn auch nur für kurze Zeit. Aber was im Leben dauert schon ewig? Er seufzte und konnte nicht ganz vermeiden, dass ihm bei diesem Gedanken das Wasser in die Augen stieg. Wer kümmerte sich denn sonst um diese unscheinbaren, einsamen Frauen? Staat und Gesellschaft nutzten sie nur als Konsumenten, Arbeitskräfte und Steuerzahler. Sie wollten aber geliebt werden und nur wir konnten ihnen das bieten.

Sicher, er hatte auch schon von Kollegen gehört, die ziemlich rüde mit den Damen umgingen. Das war zwar unschön, ließ sich aber nicht völlig vermeiden, denn Schwarze Schafe gab es schließlich überall.

Wahrscheinlich wurde der Imageverfall verursacht durch die vielen Amateure, die das Geschäft nicht hauptberuflich betrieben, sondern immer nur ausübten, wenn sich eine günstige Gelegenheit auftat, so wie das bei vielen Prostituierten auch war.

Nach dieser sophistischen Retrospektive über die Grundlagen seines Berufs, wendete er sich wieder praktischen Erwägungen zu. Wenn er an seine Karriere zurückdachte, und das war in letzter Zeit immer häufiger der Fall, wurde ihm erneut bewusst, dass die zu vermittelnden Inhalte, also die Software, sich in keiner Weise verändert hatten. Nach wie vor wurden die weiblichen Zielpersonen überschüttet mit dem was sie gerne hörten. Große Gefühle, Liebe auf den ersten Blick, bedingungsloses Vertrauen, Heiratsversprechen sowie Blumen, Pralinen, Komplimente waren noch immer die Renner seiner Branche und ein unabdingbares Muss, sollte die Arbeit erfolgreich sein.

Radikal gewandelt hatten sich dagegen die Wege, die zu einem ersten Date führten. Als er begonnen hatte seinen Beruf auszuüben, traf man sich noch vorwiegend beim „Ball der einsamen Herzen" oder über eine Anzeige in der Zeitung. Heute fanden die Kontaktaufnahmen vorwiegend im Internet statt. Singlebörsen, Partnervermittlungen sowie Dating- und Flirtportale hatten die gewachsenen Angebots- und Nachfrage-Strukturen irreparabel zerstört.

Als aktuellste Entwicklung hatte sich das sogenannte „Romance Scamming" durchgesetzt, bei dem überproportional die weibliche Altersgruppe „Fünfzig plus" aufbereitet wird. Hierdurch wurden zudem neue, internationale Wettbewerber auf den deutschen Markt gelockt. Besonders auffällig agierte dabei die sogenannte „Nigera Connection", deren Vertreter in holprigem Englisch mit afrikanischen Akzent erst Liebe vortäuschten, um dann für eine dramatische Notlage oder einen Flug zur Geliebten, tausend Euro zu ergaunern.

Wenn er es recht betrachtete hatte diese Entwicklung den endgültigen Ausschlag gegeben für seinen frühzeitigen Ruhestand. Da er sich als Grandseigneur und Künstler betrachtete, ekelte es ihn an mit derartigem Gesindel in einen Topf geworfen zu werden.

Peter Körner seufzte resignierend, zahlte und begab sich in seine Kabine. Er wollte noch einige Stunden schlafen bevor er sich in einem der A-la-carte-Restaurants ein exquisites Diner servieren lassen würde. Er hasste diese Selbstbedienungs-Buffets, da sie ihn an frühere Zeiten in der Mensa erinnerten, die er einst aufgesucht hatte, als er noch hungrig war. Außerdem wollte er mit der Suche nach einer weiblichen Begleitung für den sesshaften Teil seines Lebens beginnen. Das erschien ihm nicht besonders schwierig, denn eine Frau für sich zu begeistern, war immer noch eine seiner leichtesten Übungen.

Als er, Stunden später, an einem Zweier-Tisch des Gourmet-Restaurants Rossini, lustlos mit der Gabel in seinem Caesars Salad herumstocherte, beugte sich ein Ober zu ihm herab und flüsterte ihm etwas zu. Er sah überrascht auf und erblickte die Traumfrau schlechthin. Während er sich hastig hochbemühte um ihr den freien Stuhl zurechtzurücken, gelang ihm noch ein sperriges: „Aber natürlich, nehmen sie doch bitte Platz Gnädige Frau." Dabei verscheuchte er mit einem kurzen Blick den Ober.

„Entschuldigen sie bitte mein aufdringliches Benehmen. Ich weiß, es ist eigentlich unentschuldbar, aber es gibt sonst keinen freien Platz für mich. Und St. Petersburg hat mich sehr hungrig gemacht."

Peter war überwältigt. Thai mit europäischem Einschlag, taxierte er, von makelloser Schönheit. So ein außerirdisches Wesen kam nicht einfach so an seinen Tisch, da waren die Chancen auf einen Lotto-Sechser größer. War sie etwa eine Kollegin?

„Wenn ihnen mein holpriges Deutsch missfällt," fuhr sie ungerührt und völlig akzentfrei fort, „können wir uns auch englisch unterhalten. In dieser Sprache ist mein aktiver Wortschatz wesentlich nuancierter."

„Ich bin untröstlich," stammelte er und setzte sich wieder, „darf ich sie als meinen Gast betrachten?"

„Danke nein", erwiderte sie, nun etwas kühler, „kleine Rechnungen bezahle ich immer gern selbst."

„Aber so war das doch nicht gemeint", gab er sich entsetzt. „Übrigens, mein Name ist Körner, Peter Körner. Jetzt muss ich mich wohl bei ihnen entschuldigen. Was meinen sie, fangen wir noch mal von vorne an?"

„Wozu? Ich wollte eigentlich nur einen Happen essen."

Zu seinem Ärger stieg ihm eine ungewollte Röte ins Gesicht. „Das möchte ich wirklich auch nur, Frau…"

„Ach so ja, Gloria von Falkenstein."

Er bekam gerade noch rechtzeitig die Serviette vor den Mund, bevor sein Hustenanfall eine Gabelladung Caesars Salad, gehüllt in American Dressing, auf dem Tisch verteilen konnte.

„Verzeihen sie bitte, so etwas passiert mir sonst nie." Peter wischte sich den Mund ab.

„Ich schlage vor die gegenseitigen Entschuldigungen nunmehr einzustellen. Da sie jedoch der Meinung sind, mein Name passt nicht zu meinem Aussehen; mein Vater war Kultur-Attaché der deutschen Botschaft in Bangkok und meine Mutter war seine Sekretärin."

„Gelobt sei der internationale Kulturaustausch", grinste Peter, der seine Fassung inzwischen wiedergewonnen hatte.

Gloria orderte ein dry-aged-irish Hereford Steak, medium rear und Baguette. Das Gericht stand zwar nicht auf der Karte, da es nur im Buffalo Steak House angeboten wurde, doch zu Peters Verwunderung erklärte sich der Ober bereit es ihr zu servieren.

„Würden sie bitte einen Wein für mich aussuchen, Herr Körner." Gloria klang ziemlich bestimmt, so als würde sie dem Sommelier eine Order erteilen.

In Peters Kopf schrillten die Alarmglocken. Pass auf, dachte er, sie will dich dominieren. Das versuchen sie anfänglich alle.

„Ich habe mir eine Flasche Chateau Carbonnieux, 2004 bestellt. Vielleicht versuchen sie den mal. Falls er ihnen nicht zusagt, kann ich noch den Chateau Baret empfehlen, der ist etwas leichter. Übrigens, beide sind Grand Crus."

„Sehr gerne", stimmte Gloria zu. Er versteht etwas vom Wein und besitzt eine gewisse Schlagfertigkeit, überlegte sie. Obgleich ich ihn völlig überrumpelt habe, kann er noch ganze Sätze mit Subjekt, Prädikat und Objekt formulieren. Für einen Mann besitzt er eine ausreichende Intelligenz und sein Aussehen ist ebenfalls akzeptabel. Die fünfzig Euro, die sie dem Ober zugesteckt hatte, damit er sie an diesen Tisch führte, schienen ihr bisher gut investiert.

Peter empfand es ein wenig beschämend, dass er sich seiner neuen Bekanntschaft mit dem Allerweltsnamen Körner vorstellen musste. Das klang in ihrer Nähe schon fast wie Schmidt, Müller oder Meier. Dabei besaß er noch diese Syndikus-Identität mit einem „von", sowie den adlig anmutenden Doppelnamen eines Stationsarztes. Körner und von Falkenstein, dazwischen lagen doch Welten. Aber wie hätte er diese Situation auch vorhersehen sollen?

Das Essen wurde serviert, und Gloria konzentrierte sich sofort auf ihr Steak. Beneidenswert dachte er und betrachte ohne Begeisterung den zweiten Teil seines 3-Gang-Menüs. Sie musste nicht mit Sprüchen beeindruckt oder mit inhaltlosem Small Talk bei Laune gehalten werden. Er hatte inzwischen auch den Gedanken verworfen, sie könnte eine Berufskollegin sein. Die Mäuschen in Pattaya oder Phuket traf man in Bars, nicht in Sterne-Restaurants beim Diner. Außerdem waren diese wesentlich anschmiegsamer, widersprachen ihren Opfern nicht und hätten sich bestimmt einladen lassen. Trotzdem beschloss er vorsichtig zu bleiben und ihr die Initiative zu überlassen.

„Wie man sieht ist ihr Steak von guter Qualität", er lächelte sie an, „und ihr Appetit beneidenswert." Achtlos schob er seinen zweiten Gang beiseite.

„Danke, dass sie nicht gesagt haben „wie man hört, aber ich war wirklich sehr hungrig. Wissen sie was, wir tauschen. Bei mir waren die Augen wieder größer als das Fassungs-vermögen. War das keine gesellschaftsfähige Vokabel"? fragte sie unschuldig als sie seinen irritierten Blick bemerkte.

Peter beschloss, dass dies die ungewöhnlichste Frau war, die er je im Leben kennengelernt hatte. „Doch, doch", brachte er nur kopfnickend hervor, sämtliche Regeln des Satzbaus missachtend. Gleichzeitig schob sie ihren Teller inklusive Steakmesser zu ihm herüber und befreite ihn von seinem.

„Mmmh", schwärmte sie, „ihr Rote-Bete-Carpaccio ist aber auch sehr lecker und so gesund."

Als sie ihn das Steak verschlingen sah, konnte sie sich nur mühsam das Lachen verkneifen. Dieser Körner war leichter zu domestizieren als sie erwartet hatte. Irgendwie waren Männer doch alle gleich, sie kultivierten bestimmte Vorstellungen von Frauen und wenn man davon abwich, war man entweder eine Hure oder eine Göttin.

„Die Hälfte ihres dritten Gangs will ich aber auch noch", forderte sie bestimmt, um ihn von trüben Gedanken abzuhalten. „Mein Steak hat schließlich mehr gekostet als ihr mit Vitaminen verbrämtes Bio-Futter." Die Idee war ihr spontan gekommen. Mal sehen wie er reagierte. Wie erhofft zeigte er sich schockiert.

„Natürlich bekommen sie alles was sie möchten, meine Gnädigste."

Was für eine antiquierte Diktion. Sie überlegte kurz einen Schwächeanfall vorzutäuschen um ihn in ihre Kabine zu locken, entschied sich aber dagegen. Nur nichts überstürzen, sie war schließlich eine Dame. Heute galt es noch das Feuer zu schüren, damit er sich später an jedes Detail erinnerte. Am letzten Abend würde die Wirkung am Nachhaltigsten sein.

„Es tut mir leid Herr Körner, ich fühle mich plötzlich sehr abgespannt. Diese Sight-Seeing-Tour war wohl doch etwas zu anstrengend." Sie stand auf. „Bleiben sie sitzen, ich bestehe darauf", herrschte sie ihn an, als er sich erheben wollte. Angesichts seiner heftigen Proteste willigte sie schließlich ein, dass er „ihren" Tisch für den Rest der Reise reservierte. Dann zahlte sie mit ihrer Bordkarte und entfernte sich mit kleinen, tänzelnden Schritten, die ihn fast zum Wahnsinn trieben.

Peter, der sich den Abend eigentlich völlig anders vorgestellt hatte, er dachte an Show, Comedy oder Kasino, verließ kurz darauf ebenfalls das Restaurant. Seine Verärgerung bekam der Ober zu spüren. „Zahlen Maestro", knurrte er ungnädig, „aber nicht so heftig. Frau von Falkenstein bekam bereits nach einem Glas ihrer nachgezuckerten Spätlese Kreislaufschwierigkeiten."

***

In ihrer Kabine warf sich Gloria aufs Bett und jubelte über die Entscheidung, die sie soeben getroffen hatte, und die ihr Leben von Grund auf verändern würde. Den beiden mümmelnden Lustgreisen, denen sie bereits unverbindliche Avancen gemacht hatte, um bei einem Supergau auf einen Notfall-kandidaten zurückgreifen zu können, denn schließlich wollte sie nicht auch noch auf den Reisekosten sitzen bleiben, würde sie die kalte Schulter zeigen.

Sie beabsichtigte sich voll auf diesen Peter Körner zu konzentrieren. Er war sicher kein Traumprinz, schien aber doch geeignet für eine längerfristige Beziehung, wenn man ihn hier und da etwas modulierte und vor allem diese altbackene Höflichkeit abgewöhnte. „Meine Gnädigste", hatte er gesagt. Lächerlich, sie war überhaupt nicht gnädig. Das könnten einige ihrer früheren Ehemänner ihm sicher bestätigen.

Tja. Begonnen hatte alles in Patong. Mit vierzehn hatte sie bereits an der Bar gearbeitet und den alten geilen Säcken, die für kurze Zeit ihren nörgelnden Ehefrauen entkommen waren, gezeigt, wie schön das Leben doch sein konnte mit einer zarten Lotosblüte im Bett.

Später war sie dann aus dem Barbetrieb ausgestiegen und hatte sich auf ältere deutsche Aussteiger spezialisiert, die begriffen hatten, dass sie mit ihrer Altersrente in Thailand ein wesentlich besseres Leben führen konnten als zuhause in Castrop-Rauxel. Es gab zahllose Möglichkeiten diese Traumtänzer auszunehmen. Flugkosten, Mietschulden, Abtreibung und Notfälle in der Familie waren damals total in. Heute verstand sie kaum noch, warum sie das gemacht hatte. Aber es war wohl doch so, dass man sich in jedem Beruf langsam an die Spitze hocharbeiten musste.

Beim nächsten Karriereschritt konzentrierte sie sich auf deutsche Rentner, die ihre Midlife-Crisis erst mit über sechzig Jahren durchlitten und noch einmal ganz von vorn beginnen wollten. Sie wollten alles anders machen, etwas verändern, in die Gesellschaft eintauchen und das Leben verstehen lernen. Allen war gemein, dass sie nochmals heiraten wollten, um sich wieder jung zu fühlen und um Teil einer neuen großen Familie zu werden. Als ihr Deutsch besser wurde, sie lernte auch sonst alles, was sie von diesen merkwürdigen Typen aufschnappen konnte, verstand sie, dass es sich fast immer um fehlgeleitete Leistungsschwache, sogenannte Gutmenschen handelte. Sie hatten nichts erreicht im Leben, nur dass sie in einem reichen Sozialstaat geboren wurden, der sie ständig unterstützt hatte und ihnen auch noch Geld zahlte nachdem sie aber nun auch gar nichts mehr zum Wohl der Allgemeinheit beitragen konnten.

Was waren das doch für schöne Zeiten, erinnerte sie sich. Damals wussten nur wenige ihrer Konkurrentinnen, dass bei einem Todesfall sechzig Prozent dieser Rente lebenslang an die trauernde Witwe weitergezahlt wurde. Als sie davon erfuhr erkannte sie sofort, dies war ihr zukünftiges Geschäftsmodell. Sie besorgte sich Pässe und heiratete bis zu zweimal jährlich. Da ihre älteren, mit Klima und Land nicht vertrauten, Ehemänner regelmäßig verunfallten, war deren Sterberate gewinnbringend hoch. Sie würde dieses lukrative Geschäft sicher heute noch betreiben, hätte nicht ihr Passlieferant und Liebhaber mit einem Lächeln und gezückter Pistole angedeutet, ebenfalls an diesem arbeitsfreien Einkommen beteiligt zu werden.

So sah sie sich gezwungen überhastet mit einer Freundin in die USA zu emigrieren, wo sie sich ebenfalls erfolgreich im Wedding Business etablierten. Aufgrund der anders gelagerten Verhältnisse und Gesetze, waren die angestrebten Ziele jedoch keine Renten, sondern die enormen Summen, die ein versierter Scheidungsanwalt vor Gericht von einem Ehemann erstreiten konnte, der so kurz nach Hochzeit seine untröstliche Frau mit ihrer besten Freundin betrogen hatte.

Dieser Lebensabschnitt war nun endgültig vorbei. Eigentlich schade. Sie empfand eine gewisse Wehmut, hielt aber unbeirrt an ihrem Entschluss fest, bürgerlich zu werden. Auf die drei Witwenrenten die sie unter verschiedenen Namen noch von der Deutschen Rentenversicherung bezog, würde sie allerdings nicht verzichten. Als Repräsentantin des schwachen Geschlechts, wie diese männlichen Looser sie nannten, musste man schließlich auf alle Wechselfälle des Lebens vorbereitet sein. Vielleicht kam ja sogar noch etwas hinzu durch den einzigen Mann mit dem sie noch verheiratet war, und den sie damals bei Nacht und Nebel verlassen musste.

Als es an der Tür klopfte und der Kabinensteward ihr eine Vase mit roten Rosen und lieben Grüßen von P.K. überreichte, wusste sie, dass der Fisch an der Angel zappelte und sich danach sehnte ausgenommen zu werden.

***

Nachdem er die Blumensendung organisiert hatte, zog Peter sich in seine Kabine zurück. Er wollte eine detaillierte Planung erarbeiten. Eine gewissenhafte Vorbereitung hatte sich immer noch ausgezahlt.

Die White Condor hatte St. Petersburg bereits wieder verlassen. Sie würde morgen früh um neun Uhr in Helsinki festmachen und so gegen siebzehn Uhr weiter nach Stockholm fahren. Zum Schluss der Reise gab es dann noch einen letzten Seetag. Nach der misslungenen Ouvertüre blieben ihm also noch drei gemeinsame Diner zur Realisierung seiner Pläne Und sie würde kommen, das hatte sie versprochen.

Die gesamte Dramaturgie musste so aufgebaut sein, dass der Spannungsbogen in der letzten Nacht seinen Höhepunkt erreichte. Er musste sich so überzeugend präsentieren, dass sie sich ihm nicht entziehen konnte. Klassefrauen sprangen nicht gleich beim ersten Date mit ihrem neuen Lover in die Koje. Sie wollten respektiert werden und zwar nicht nur aufgrund ihrer körperlichen Vorzüge, sondern insbesondere auch durch die Anerkennung ihrer intellektuellen Fähigkeiten. Er hatte im Lauf seiner Karriere schon oft verblüfft feststellen müssen, dass überschwängliche Bewunderung eines kaum vorhandenen Verstands, ihn bei seinen Opfern schneller zum Ziel brachte, als die alleinige Lobpreisung von Figur und Attraktivität. Die Begeisterung über, beispielsweise Form und Größe, eines beachtenswerten Busens durfte natürlich auch nicht fehlen, sollte aber nur mit den Augen erfolgen, während der Mund hingerissen die Intelligenz rühmte.

Ihm war nur nicht klar, welche Vorgehensweise sich am besten für Gloria eignete. Sie war so völlig anders als alles was er bisher kennengelernt hatte. Sicher erschien ihm nur, dass sie hochintelligent war und er deshalb ihren Verstand eigentlich nicht loben sollte. Schließlich wollte er nicht das Thema diskutieren, ob er dazu überhaupt kompetent genug war.

Natürlich war sie keine Jungfrau mehr, das signalisierte ihm schon ihr Aussehen. Aber wer wollte auch schon so eine? Nach dem ersten Kuss fühlten sie sich verlobt und nach der ersten Liebesnacht druckten sie im Geiste bereits die Hochzeitseinladungen. Aber war das nicht genau was er wollte? Sie verwirrte ihn, da er sie nicht einordnen konnte. Woher hatte sie der Wind geweht? Was hatte so ein Klasseweib auf diesen Touristenmassen-Transporter verschlagen? Wie dachte sie wohl über ihn? Könnte sie sich ein Leben mit ihm überhaupt vorstellen? Er fühlte sich unsicher wie nie zuvor. Dagegen half nur Shopping. Jeden Abend würde er ihr ein kleines Geschenk überreichen. Nichts Verpflichtendes, aber auch keinen Talmi.

Sofort fühlte er sich wohler. Ring, Brosche, Armband. Das könnte gehen. Oder lieber den Ring zum Schluss? Als Verlobungsgeschenk sozusagen. Nur peinlich, wenn das Ding dann nicht passte. Er sah in einen der vielen Prospekte mit denen man ihn überhäuft hatte, die Shops befanden sich auf Deck 9. Dort erhielt man alles was das Herz begehrte zu „Travel-Value-Preisen". Das konnte eigentlich nur bedeuten, alles war teurer als an Land. Aber das schreckte ihn nicht. Für dieses unglaubliche weibliche Wesen war er bereit sämtliche Grundsätze über Bord zu werfen. Vielleicht sollte er sich aber vorher noch einen Drink genehmigen. Die Anytime Bar auf Deck 12 kannte er noch nicht.

Als er am Tresen an seinem Planters Punch schlürfte, während ihm die angesagte Diskomusik in den Ohren dröhnte, fragte er sich der wievielte Drink das wohl heute wieder war. Vielleicht der achte oder zehnte? Aber wozu zählen, zwei bis drei gingen auf jeden Fall noch. Glücklicherweise wurde er nie betrunken, auch seine Leberwerte waren in Ordnung, nur verspürte er in letzter Zeit so ein merkwürdiges, manchmal auch schmerzhaftes Kribbeln in den Füßen. So als wären sie eingeschlafen. So what, beruhigte er sich, irgendwelche Wehwehchen hat jeder. Außerdem würde der Alkohol-Input sich zwangsläufig reduzieren, wenn er in naher Zukunft jeden Morgen im gleichen Bett aufwachen würde. Allein der Gedanke daran bereitete ihm mulmige Gefühle. Er bestellte noch einen Rum pur, den er in seinen Cocktail schüttete, da er und der Barkeeper offensichtlich unterschiedliche Vorstellungen darüber hatten, was einen Planters Punch auszeichnete.

***

Am folgenden Abend, Peter hatte Blumenschmuck für ihren Tisch geordert, erschien sie mit zehnminütiger Verspätung in einem atemberaubenden Outfit. Einige der speisenden männlichen Gäste sahen zum Ärger ihrer Damen erfreut auf, schwelgten in Erinnerungen und vergaßen dabei für einen Moment sich die mit lukullischen Köstlichkeiten gefüllten Gabeln, in die bereits geöffneten Münder zu schieben.

„Ich müsste eigentlich sehr, sehr böse mit ihnen sein, Herr Körner. Noch nie im Leben bin ich so versetzt worden. Wissen sie, dass ich eigentlich gar nicht kommen wollte? Aber da ich es nun einmal versprochen hatte. Ich stehe nämlich zu meinem Wort, im Gegensatz zu gewissen Männern, die einem Mädchen erst… ach lassen wir das. Ich bin jedenfalls sehr enttäuscht von ihnen!"

Für Peter, der bereits einige gefühlvolle Begrüßungsworte memoriert hatte, und ein Schächtelchen mit Ohrringen aus schwarzen Südseeperlen unter seiner Serviette verborgen hielt, brach eine Welt zusammen. Er fühlte sich wie ein Gastredner, der auf eine Hochzeitsansprache vorbereitet ist und sich zu seinem Entsetzen plötzlich vor einer Trauergemeinde wiederfindet. Es war ihm unmöglich ihr beim Hinsetzen behilflich zu sein. Er schüttelte nur immer wieder den Kopf, bis es aus ihm herausbrach: „Aber wir waren doch nicht verabredet, das weiß ich ganz genau. Ich…"

„Aber Peter, ich darf sie doch so nennen", unterbrach sie ihn sofort, „nach ihren wunderschönen Blumen gestern Abend, ging ich natürlich davon aus, wir würden heute gemeinsam den Tag verbringen. Rote Rosen sprechen schließlich ihre eigene Sprache. Oder haben sie nichts damit sagen wollen?"

„Doch, doch", stammelte er, im Widerstreit der Gefühle.

„Sehen sie, deswegen habe ich den ganzen Vormittag in meiner Kabine auf sie gewartet. Schade, wir hätten uns die Felsenkirche und den Sibelius Park ansehen können."

„Es tut mir so furchtbar leid", stöhnte er niedergeschlagen. „Darf ich ihnen als ersten Versuch einer Wiedergutmachung eine kleine Aufmerksamkeit offerieren?" Er kramte mit zittrigen Händen das in Seidenpapier gewickelte Etui hervor.

„Oh wie spannend", jauchzte sie. Sämtlicher Ärger schien vergessen. „Das wäre aber wirklich nicht nötig gewesen Peter." Sie zerriss ungeduldig die Verpackung, öffnete den Klappverschluss und erstarrte. Oh Erleuchteter hilf mir jetzt einige Tränen zu produzieren, flehte sie als überzeugte Buddhistin, während sie dem Mann an ihrer Seite, den sie zu heiraten gedachte, um den Hals fiel. Mit tränenerstickter Stimme flüsterte sie ihm zu: „Oh Peter, ich könnte sie küssen. Noch nie hat mir ein Mann so ein Geschenk gemacht. Perlen aus Tahiti. Ich bin überwältigt."

Peter blühte auf. Er fühlte sich wieder auf der Hochzeitsparty und brachte fast automatisch seine memorierte Rede zum Einsatz, die er mit der Schicksalsfrage beendete: „Wollen wir nicht du zueinander sagen, liebe Gloria?"

„Ich fürchtete schon du würdest nie fragen Peter." Sie klatschte begeistert in die Hände.

Peter, der durch seine beruflichen Aktivitäten ein absoluter Profi in der Beurteilung weiblicher Gefühlsausbrüche war, geriet so langsam außer sich. Eine derartige Reaktion konnte nicht simuliert werden. So einfach, ehrlich und doch hingebungsvoll. Gloria war seine Frau fürs Leben, da war er sich absolut sicher.

„Bei uns in Thailand", unterbrach sie seine Gedanken, „waren Liebesheiraten vor wenigen Jahren noch völlig unbekannt." Sie nippte an ihrem Mineralwasser. Das Essen hatten sie noch nicht bestellt.

Es durchfuhr ihn wie ein Stich. Wieso sprach sie vom Heiraten? Zu diesem Thema wollte er gewisse Andeutungen am letzten Abend der Reise machen. Andererseits, ermahnte er sich, sei nicht immer so misstrauisch Peter. Sie plappert spontan, impulsiv ihren Gefühlen folgend. Lege nicht jedes Wort auf die Waagschale. Glaube ihr, Vertrauen ist das Fundament jeder Zweierbeziehung.

Gloria war es nicht entgangen, dass das Wort Liebesheirat bei ihrem Zukünftigen einen Schock ausgelöst hatte. So beschloss sie, ihn auf andere Gedanken zu bringen. „Was hältst du vom amerikanischen Wahlkampf?" drang sie in seine zweifelnden Grübeleien ein.

„Würdelose Schlammschlacht zweier ehrloser, psycho- patischer Machtbesessener", erwiderte er spontan.

„Und der männliche Psychopath hat wieder einmal gewonnen und darf die größte Militärmacht der Welt anführen."

„Vielleicht haben wir ja Glück und dieser Trump wird beseitigt. Die Amis haben schon lange keinen ihrer Präsidenten mehr erschossen."

„Witzig, witzig. Nein wirklich, das könnte das Ende der westlichen Demokratien bedeuten."

„Wieso? Siehst du einen neuen Dschingis Khan am Horizont?"

„Nein", lachte sie, „diesmal rücken die hungernden Horden aus Afrika an."

„Apropos Hunger, sollten wir nicht endlich mal bestellen?"

***

In Stockholm hatte er, völlig gegen seine sonstigen Gewohnheiten, mit ihr einen Altstadtbummel gemacht und sich das Vasa-Museum angesehen. Nichts davon war von wirklichem Interesse für ihn. Alte Gassen und Häuser gab es überall und die Vasa, das damals prächtigste, mit Kanonen überladene Kriegsschiff, das auf seiner Jungfernfahrt bereits im Hafen gesunken war, zeugte höchstens von der Inkompetenz seiner Erbauer. Er hatte sich ihr lediglich angeschlossen um sie bei Laune zu halten. Schließlich nervte man seine Auserwählte nicht schon vor der Hochzeit mit seinen unverträglichen Eigenheiten. Dafür blieb später noch ausreichend Zeit.

Im Augenblick beschäftigten ihn jedoch nicht die Statikfehler mittelalterlicher Schiffbauer, sondern die Informationen, die ihm Stunden später zugetragen worden waren. Nach dem Diner hatte sie sich, wie gewöhnlich, schnell verabschiedet, was ihn dazu veranlasste, sich nicht allein in seiner Kabine zu grämen, sondern noch einige Absacker zur Brust zu nehmen. Auf Deck 9 hatten ihn die geöffneten Türen der Vinothek zu einem kurzen Sit-in eingeladen.

Auch später konnte er sich nicht erklären warum er dieser Einladung gefolgt war, denn Wein, in welcher Preisklasse auch immer, war für ihn kein Genussmittel, sondern ein Symbol gesellschaftlichen Zwangs, das man zwar kennen, aber dem man sich auch zu beugen hatte, wenn eine bestimmte soziale Situation es erforderte.

Doch an diesem Abend schienen alle Regeln außer Kraft gesetzt. Alles begann, als er einem neben ihm sitzenden, hageren älteren Herrn, der trübsinnig in sein leeres Glas starrte, darum bat eine Probe aus seiner Flasche Chateau Martinet zu kosten und ihm mitzuteilen, ob man die Reederei dafür verklagen könne. Diese, durchaus ernst gemeinte Bitte munterte seinen Nachbarn auf. Er schien sich innerlich zu straffen, deutete eine Verbeugung an und stellte sich formell vor, wodurch Peter sich ebenfalls genötigt sah seinen Namen bekanntzugeben. Auf diese Weise lernte er Georg Brückner kennen, Brigadegeneral der Bundeswehr im wohlverdienten Ruhestand.

Dann ließ der General sein Glas füllen, nahm einen kräftigen Schluck und schnalzte anerkennend mit der Zunge.

„Für eine Klage wird das nicht reichen Herr Körner. Im Gegenteil, der Tropfen scheint mir preisverdächtig."

So kam man ins Gespräch und Peter sah sich veranlasst eine weitere Flasche zu ordern. Sie quatschten über Gott und die Welt, über das Wetter und die verfehlten Auslandseinsätze der Bundeswehr.

Peter der mit ranghöheren Militärs keine Kontakte pflegte, da er sie für die Kollateralschäden bei kriegerischen Auseinandersetzungen verantwortlich machte, stellte nach weiteren Gläsern fest, dass der Brigadier zunehmend weinerlich wurde und nach Mitgefühl suchte für die traurige Tatsache, dass seine Frau ihn nach fast vierzig glücklichen Ehejahren ohne Angabe von Gründen verlassen hatte.

Ihm wurde fast übel. Als er gerade darüber nachdachte, ob es für den Rest der Menschheit besser sei, sich oder den General zu erschießen, versiegte plötzlich dessen Redefluss. Dafür klopfte der ihm jovial auf die Schulter und da man nach der dritten Flasche zum vertrauteren Du übergegangen war, teilte er ihm noch mit: „Ich danke dir Peter, dass du dir meine Probleme angehört hast. Dafür werde ich mich auf der Stelle revanchieren."

Wieso nennt mich dieser Typ beim Vornamen, dachte er verblüfft, bis ihm der Verbrüderungsakt wieder einfiel. Er sagte jedoch nichts und sah den volltrunkenen Beschützer des Deutschen Vaterlandes nur fragend an.

„Also Peter, verstehe mich bitte nicht falsch. Ich bin gewiss kein Voyeur, aber deine Auftritte mit dieser asiatischen Schönheit beim Diner im Rossini waren selbst für einen Blinden kaum zu übersehen."

„Na und, wo ist das Problem?" hatte er nur geknurrt.

„Kennst du sie näher? Bedeutet sie dir etwas? Ich will dir wirklich nicht zu nahe treten, aber ich muss es dir einfach sagen. Diese Lotosblüte ist eine Prostituierte."

Obgleich ihm der Schreck durch die Glieder fuhr, gelang es ihm Haltung zu bewahren.

„Sicher weiß ich das", entgegnete er ruhig um sich keine Blöße zu geben, „wir haben uns vor zwei Tagen kennengelernt."

„Da bin ich aber froh. Von mir wollte sie fünfhundert, was zahlst du ihr?"

„Wir haben eine Pauschale bis zum Ende der Reise vereinbart in der auch das gemeinsame Diner enthalten ist."

***

Später, als Peter in seiner Kabine auf dem Bett lag, wurde ihm die Tragweite des soeben Gehörten erst richtig bewusst. Gloria war eine Nutte. Womöglich gab es noch einen Beschützer. Igitt, wie waren die

Weiber bloß schlecht. Und so eine hätte er fast geheiratet. Wieso war ihm das eigentlich nicht selbst aufgefallen? Weil sie unglaublich gut ist, beantwortete er sich seine Frage, und weil sie keinen Umsatz mit dir machen wollte. Aber was wollte sie dann? Darüber würde er später nachdenken. Jedenfalls war sie attraktiv, gebildet und von einer bezaubernden Natürlichkeit.

Fünfhundert Euro hatte sie von Georg, dem Verteidiger von Paderborn und Umgebung, verlangt. Er war fast ein wenig stolz auf sie. Peter hat sich den Rest des Abends innerlich über seinen neuen Freund lustig gemacht, nachdem der ihm auf seine Frage erklärt hatte, dass er keine jungen Afghanen mit den neusten Kampf- und Mordtechniken vertraut gemacht hatte, sondern als Leiter einer Kommission die möglichen Folgen des Abzugs der Briten auf den Kreis Paderborn, den Truppen- übungsplatz Senne, sowie die dann leer stehenden Kasernen erarbeiten musste.

Vergiss Georg ermahnte er sich. Was machst du mit Gloria? Jeder vernunftbegabte, moralisch gefestigte Eheanwärter, wäre jetzt in ihre Kabine gestürzt, hätte sie übel beschimpft, ihr ein paar an die Backen gehauen und sie aus seinem Gedächtnis gestrichen. Das oder ähnliches würde er auf gar keinen Fall tun, bis er sich über die Alternativen im

Klaren war. Denn selbst wenn es ihm gelang eine sogenannte anständige, bürgerliche Schönheit für sich zu begeistern, gab ihm das keine Gewissheit über ihr sexuelles Vorleben und ihr zukünftiges Verhalten. Fremdgehen war ein Teil ihrer selbst. Warum sollte also seine Zukünftige diese Gewohnheit abstellen, nur weil sie ihn kennengelernt hatte? Zudem besaß Gloria einfach so viele Vorzüge, dass man schon einmal über einige Unschönheiten in ihrem Leben hinwegsehen konnte. Kein Mensch war schließlich perfekt. Er selbst sicher auch nicht, obgleich ihm spontan nichts Negatives über sich einfiel.

So beschloss Peter, bevor ihm ein traumloser Schlaf die Gedanken ausknipste, Georgs üble Nachreden als irrelevant, ja als verleumderisch einzustufen. Morgen, würde er jedenfalls mit einem strahlenden Lächeln und in bester Laune vor ihrer Kabine erscheinen, um sie zum Diner und zu dem was sich sonst noch ergeben würde, auszuführen.

Außerdem hatte es noch nie geschadet, Infos über einen Partner zu besitzen, die bei späteren Auseinandersetzungen präsentiert werden konnten. Er gähnte mehrfach, sah besorgt auf die wenigen noch verbliebenen Nachtstunden, drehte sich auf die andere Seite und pfiff auf Zahnhygiene und darauf wie seine Klamotten später aussahen.

Sicher wird sie auch, war sein letzter hoffnungsfroher Gedanke vor dem Einschlafen, bei möglichen finanziellen Engpässen, sich ihrer beruflichen Qualifikationen erinnern und zur Erhöhung des Familieneinkommens beitragen.

***

Als Gloria am Tag vor der letzten entscheidenden Nacht vom Friseur, durch die Shop-Passage zu ihrer Kabine schlenderte, sah sie im Juwelierladen Peter, dem gerade etwas eingepackt wurde. Sie wollte ihn bereits mit einem Klaps auf die Schulter überraschen, überlegte es sich dann aber doch anders. Das Gesicht des Verkäufers im Gedächtnis flanierte sie gelangweilt weiter an den Auslagen der Geschäfte vorbei.

Nach einer guten Stunde öffnete sie die Tür des Juweliers, sowie zwei Knöpfe ihrer engen Bluse und überzeugte den jungen Mann im Laden in knapp zwei Minuten, dass es schon immer sein Wunsch war ihr mitzuteilen was und für welchen Preis dieser charmante Herr vor kurzem bei ihm gekauft hatte.

Ein Hoch auf die Looser triumphierte sie, als sie in ihrer Kabine auf dem Bett lag ohne an mögliche

Beschädigungen ihrer neuen Frisur zu denken, mögen sie niemals aussterben. Peter hatte doch tatsächlich einen Verlobungsring gekauft, 950iger Platin mit einem halbkarätigen Diamanten für dreitausendfünfhundert Euro. Wenn er sich wirklich mit ihr verloben wollte, musste sie ihn nicht mehr für eine längerfristige Beziehung begeistern. Sie würde ihre Strategie ändern. Er wird mich umwerben, sagte sie sich, und schließlich anflehen, wenn ich mich ein bisschen ziere. Vielleicht gelingt es mir ja sogar zu erröten. Vor Jahren hatte ihr mal ein Freier erzählt, deutsche Männer glaubten, ein Mädchen, das bei einem eindeutigen Antrag errötet, sei noch Jungfrau. Sie hatte es danach oft vor dem Spiegel geübt, schaffte aber nur eine etwas dunklere Hautfarbe, wenn sie eine gewisse Zeit die Luft anhielt.

Kurz vor dem entscheidenden Date peppte sie sich etwas auf, sie wollte aber auf keinen Fall wie eine Frau aussehen, die gerade vom Friseur kommt. Parfum und sonstige künstliche Wohlgerüche lehnte sie entschieden ab. Sie roch wie sie roch und wer das nicht mochte, sollte sich zum Teufel scheren.

Da sie nie einen Zuhälter finanziert hatte, steckte sie aus alter Gewohnheit noch ihr Notfall-Set, bestehend aus Elektro-Schocker, Pfefferspray und KO-Tropfen in die Handtasche. Sie war fest entschlossen, es musste einfach klappen.

***

Als Gloria das Rossini betrat, bemerkte sie einen dieser alten Trottel, denen sie zu Beginn der Reise Avancen gemacht hatte, der sie mit halb geöffnetem Mund ungeniert anstarrte. Gleich beginnt er zu sabbern, dachte sie ärgerlich. Vielleicht sollte ich ihm eine hinter die Ohren geben, um ihm gute Manieren beizubringen. Sie zog es dann aber doch vor, ihn völlig zu übersehen und ging strahlend auf Peter zu, der sich bereits erhoben hatte und ihr jetzt die Hand küsste.

„Liebste Gloria, ich bin überwältigt." Er rückte ihr den Stuhl an den Tisch, den er wieder hatte schmücken lassen.

„Ach Peter, ich weiß nicht so recht ob ich mich hier noch wohlfühlen kann", seufzte sie mitleiderregend. Sie hielt es für besser das Ereignis selbst zu erwähnen, für den Fall, dass es bemerkt worden war.

„Was hast du Liebste?"

„Darf auf diesem Schiff eigentlich jeder mitfahren?"

„Wenn er bezahlt hat und sich ordentlich aufführt, sicherlich. Warum fragst du Gloria?"

„Weil das niedrige Niveau einiger Gäste eher zu einer Hafenspelunke passt. Eben hat mich doch so ein zittriger Grufti bereits zum zweiten Mal belästigt. Neulich hat er mir sogar einen unsittlichen Antrag gemacht. Einige Männer glauben wohl immer noch, bei allein reisenden Frauen könnten sie sich alles leisten."

„Wo sitzt dieser Sittenstrolch, zeig ihn mir. Den nehme ich auseinander!" Peter, der den kleinen Zwischenfall beobachtet hatte, wusste genau wann männliche Entschlossenheit gefordert war. Er erhob sich und….

„Bitte Peter bleib bitte sitzen, wir wollen uns doch diesen schönen Abend nicht verderben. Es tut mir leid, ich hätte es überhaupt nicht erwähnen sollen." Sie betupfte eine nicht vorhandene Träne unter ihrem linken Auge. „Aber es ist schön zu wissen, dass du im Notfall für mich da bist." Dann umklammerte sie seine Hand und belohnte ihn mit einem vielsagenden Blick in die Augen.

„Oh Gloria, du machst mich zum glücklichsten Mann auf diesem Schiff." Er sah sich um und gestikulierte ungeduldig nach dem Ober. „Champagner", herrschte er ihn an, als dieser endlich angetrabt kam. Eigentlich wollte er noch hinzufügen, aber nicht wieder dies markenlose Zeug vom Discounter, aber irgendwie schien das nicht in die augenblickliche Situation zu passen. Gloria war also doch keine Nutte, wie hätte sie sonst so empört reagieren können? Er hatte es ja immer gewusst. Georg dieser Scheißgeneral wollte sie ihm nur ausspannen. Er drückte sich ihre Hände an die Lippen.

Gloria betrachtete ihren bisherigen Auftritt durchaus als Erfolg. Sobald der Schampus eingetroffen war würde er wahrscheinlich mit dem Brilli rausrücken und dazu einige schwülstige Worte sagen. Sie konnte natürlich nicht wissen, dass er nur wiederholte womit er bei seinen liebeshungrigen Opfern bisher so grandiose Erfolge erzielt hatte. Jede von ihnen wollte sich als Dame fühlen, angebetet und hofiert werden. Und wofür man einmal belohnt wurde, das kopierte man immer wieder. So war das schließlich in jedem Beruf.

Gloria jedoch ging dieses ständige Gesülze mächtig auf den Keks. Wenn sie es längere Zeit über sich ergehen lassen musste, bedienten sich ihre Gedanken, zur Wiederherstellung des emotionalen Gleichgewichts, eines eher volkstümlichen Vokabulars, mit dem sie aufgewachsen war.

Als der Champagner eintraf erhob sich Peter – sie dachte spontan, schlechtes Timing jetzt zum Pinkeln zu gehen – und kniete doch tatsächlich vor ihr nieder.

„Gloria, du Quell meines Lebens, du Göttin der Morgenröte, ich liebe dich, wie noch nie ein weibliches Wesen geliebt worden ist. Willst du meine

Frau werden?" Dabei streckte er ihr das geöffnete Etui entgegen.

Sie wurde fast ohnmächtig, aber es gelang ihr noch so etwas wie „Oh ja, du mein geliebter Held", herauszubringen, da sie ihm auch eine kleine Freude machen wollte. Ihr wurde jedoch schlagartig klar, dass, falls Peter nur auf diese Weise kommunizieren konnte, ihre Ehe nicht von langer Dauer sein würde.

Monopol

William Higginbotham, genannt Harry, Brite aus Manchester, machte sich für die heutige Frühschicht startklar, soweit ihm das seine eingeschränkten räumlichen Möglichkeiten gestatteten. Er teilte mit einem Inder und einem Hongkong Chinesen eine Kabine, die so winzig war, dass er bei seinem Einzug lange gebraucht hatte einen Platz für seinen Koffer zu finden. Nicht, dass er etwas gegen diese Nationalitäten gehabt hätte, schließlich gehörten beide früher zum British Empire, aber jede Toleranz kannte auch ihre Grenzen. Schließlich hatten seine Vorfahren diesen Leuten westliche Werte, die Demokratie und den Respekt vor dem Königshaus beigebracht. Und jetzt sah er sich gezwungen den gleichen Lokus mit Leuten zu teilen, die zwar sein Wissen über Buddha und Konfuzius vergrößerten, gleichzeitig aber auch Gewohnheiten nachgingen, denen er nicht einmal in seinen gelegentlichen Albträumen begegnet war. Außerdem schienen sie, dem Geruch nach zu urteilen, außer Knoblauch keine weiteren Nahrungsmittel zu sich zu nehmen. Nie hätte er diesen Sechsmonatsvertrag mit der obligatorischen 7-Tage-Woche und dem 10 Stunden plus Arbeitstag unterschrieben, wenn er vorher darüber informiert gewesen wäre. Und vom Ende dieser Fehlentscheidung war er immer noch lange vier Monate entfernt.

Trotzdem nicht ganz unzufrieden, betrachtete er sich noch einmal im Spiegel. Er gab immer noch die Figur ab, die er für seinen Job brauchte. Dann klatschte er sich noch einige Whisky-Spritzer ins Gesicht. Alkohol sorgte auch morgens schon für eine anheimelnde Atmosphäre und seine Stammgäste liebten Personen die so rochen wie die Getränke von denen sie lebten.

Harry, wie er jetzt bis zum Ende seiner Schicht genannt werden würde, öffnete die Tür zum Passagierbereich. Vorher las er noch die angebrachte Aufschrift: „Passenger area – start smiling." Anfangs hatte ihn dieser Spruch geärgert, inzwischen nahm er ihn nicht mehr ernst. Erstaunt war er allerdings noch immer darüber, wie sich die Visionen seines Landmanns George Orwell realisiert hatten, ohne dass es überhaupt jemandem aufgefallen wäre.

Er versetzte seine Gesichtsmuskeln trotzdem in den von seinen Gästen und Vorgesetzten gewünschten Dauergrinse- zustand, der vielen von ihnen die moralische Rechtfertigung für ihre luxuriösen Urlaubsfreuden lieferte, da ja selbst die Besatzung sich vor Vergnügen kaum halten konnte. Ausschließlich für die Kundschaft tat er es dann aber doch nicht, denn er wusste, dass mehrere freudlos blickende Crew-Mitglieder wegen geschäftsschädigenden Verhaltens bereits abgemahnt oder mit Gehaltsabzug bestraft worden waren.

Mit einem letzten Seufzer machte er sich auf den Weg zu seinem Arbeitsplatz, wobei er beschloss zukünftig bei der Auswahl seiner Eltern besser aufzupassen, um endlich auch mal auf der anderen Seite des Tresens geboren zu werden.

Harry war einer von über dreißig Barkeepern auf der White Condor. Er hatte heute Frühschicht und musste ab 9 Uhr in der Beach Bar, eine der drei Bars die bereits um diese Zeit geöffnet hatten, Cocktails mixen, Snacks servieren, für fröhliche Stimmung sorgen, sich mit der Kundschaft unterhalten und irgendwann einige von ihnen taktvoll über den Zeitpunkt informieren, ab dem sie nur noch alkoholfreie Getränke ordern sollten.

Mühsam hatte er sich vom Tellerwäscher und Aushilfskellner in einem Londoner Mittelklasse Restaurant hochgearbeitet. Heute war er Mitglied in der United Kingdom Bartender`s Guild und auf diesem Schiff weisungsbefugt gegenüber der weiblichen Bedienung und weiterer Barmitarbeiter.

Als Mitglied des „Tipping Personals", das in direktem Kontakt zu den Gästen stand, bezog er nur ein geringes Basisgehalt, da die Reederei davon ausging, dass der Großteil seines Einkommens aus Trinkgeldern bestehen würde. Da die White Condor jedoch zu einer der vielen Mainstream-Reedereien gehörte, die ihre Gäste mit Billigangeboten an Bord lockten, um sie dann, wenn sie nicht mehr vom Schiff konnten, nach allen Regeln der Kunst auszunehmen, blieb für Trinkgelder kein großer Spielraum mehr.

Harry hatte sich schon oft überlegt, ob sich die Verantwortlichen wohl darüber klar waren, dass sie mit dieser Politik eine Zielgruppe ansprachen, die ihr preisorientiertes Verhalten an Bord nicht plötzlich ablegen würde. Wenn von diesen Menschen also plötzlich erwartet wurde für einen Drink Preise zu zahlen, für die sie im Geschäft an Land fast zwei Flaschen kaufen konnten, waren die Schwierigkeiten vorprogrammiert. Einige Gäste flüchteten in die alkoholische Enthaltsamkeit, die wiederum auf die Stimmung drückte. Schließlich störten deprimierte Urlaubergesichter ganz erheblich die zu einer Traumreise nötige Fröhlichkeit. Da waren jedoch auch Opportunisten, die ihre bisherigen Überzeugungen bedenkenlos über Bord warfen und sich den neuen Umweltbedingungen anpassten. Oft gegen den Rat ihrer besorgten Ehefrauen, orderten sie mit dem Ruf „So oder so kaputt" einen Drink nach dem anderen.

Dann gab es noch Stammgäste, die Harry, nachdem sie sich auf ihrem Hocker platziert hatten, die Weisung gaben ihr leeres Glas ohne Bestellung automatisch wieder aufzufüllen.

Eine große Gruppe kompromissloser Hardliner jedoch, die weder verzichtbereit noch zahlungswillig war, versuchte ihren Leidensdruck durch Schmuggeln der begehrten Flüssigkeiten zu lindern. Bereits im ersten Hafen Tallin strömten sie von Bord in die Geschäfte um ihre Bedürfnisse preisgünstig zu befriedigen.

Ungeübte Kreuzfahrer versuchten danach mit unglaublicher Naivität die alkoholischen Schnäppchen mit aufs Schiff zu nehmen. Ihre Empörung war dann immer groß, wenn ihnen beim Wiedereinchecken die Flaschen konfisziert wurden mit dem Versprechen diese, am Ende der Kreuzfahrt in die Kabine zu liefern. Denn dass Alkohol nicht an Bord gebracht werden durfte, stand bereits in den Reisebedingungen, die aber nur selten gelesen wurden, da kein Mensch sich schon vorher die Laune verderben wollte. Gleiches galt für Einkäufe im schiffseigenen Duty Free Shop, dessen Preise zwar auch noch über denen an Land lagen, die aber auch erst kurz vor der Ankunft ausgeliefert wurden.

Erfahrene und gewitztere Kreuzfahrer bedienten sich daher subtilerer Methoden ihr köstliches Nass unentdeckt an Bord zu bringen. Gelegentlich sahen sie sich allerdings gezwungen bei geschmacklichen Präferenzen Zugeständnisse zu machen. Denn ein Cognac oder ein schottischer Whisky lässt sich auf Grund seiner Farbe nur schwer in einer Wasserflasche an Bord schmuggeln. Wesentlich erfolgversprechender sieht es da bei klaren Schnapssorten wie Wodka, Korn oder Ouzo aus. Da die Kreuzfahrtgesellschaft jedoch ihren gesamten Gewinn aus den Zusatzgeschäften an Bord, wie Shops, Kasino, Getränke und Landausflüge, erwirtschaftete, waren ihnen die miesen Tricks ihrer Kundschaft natürlich auch nicht fremd. Sie reagierten mit verschärften Kontrollen in den Kabinen. Falls das Personal dort Bestände an Alkoholika vorfand, war es angewiesen dies dem Management zu melden. Gegen diese inquisitorischen Methoden internationaler Kapitalgesellschaften haben sich selbstverständlich nach Gerechtigkeit und bezahlbaren Drinks dürstende Bürgerinitiativen formiert, die sich ihre Feuerwasser inzwischen in Plastikschläuche und –kissen füllten.

Die erforderlichen Behältnisse hierzu können auf der US-Website „Rumrunnerflask.com" käuflich erworben werden.

Meinungsforscher haben herausgefunden, dass es schon längst nicht mehr nur darum geht, warum und wann alkoholische Getränke, wem zu welchen

Preisen zur Verfügung stehen, sondern die Auseinandersetzung zwischen einem monopolistischen Anbieter und vielen abhängigen Konsumenten sich auf höherer Ebene zu einem Machtkampf zwischen Diktatur und Demokratie ausgeweitet hat.

Als Harry die Beach Bar erreichte, hatten seine Mitarbeiter die nötigen Vorarbeiten bereits abgeschlossen. Ein kurzer Blick überzeugte ihn, dass sämtliche Bar-Tools, blank geputzt an den vorbestimmten Stellen lagen. Die ersten beiden Gäste rutschten auch bereits ungeduldig auf ihren Hockern herum.

„Wo bleibst du heute denn bloß wieder, Harry? Ich brauche meine morgendliche keimtötende Mundspülung."

„Ebenfalls einen schönen guten Morgen, Herr Doktor. Der Zeiger meiner atomgesteuerten Uhr sagt mir, dass es drei Minuten vor neun ist."

„Ihr Engländer seid doch nie um faule Ausreden verlegen. Bei mir ist es gefühlt halb zehn und meine Wahrnehmung ist für mich die Realität, alles andere ist unwichtig."

Stay strong, sagte sich Harry, und verstärkte sein Lächeln, denn Dr. Robert Steinhöfel war ein pensionierter Gynäkologe, der in Hygieneangelegenheiten Zeit seines Berufslebens keinen Widerspruch geduldet hatte.

Mit den Worten: „Vielleicht darf ich mich auch mal bemerkbar machen?" meldete sich nun der zweite wartende Gast. „Meine innere Uhr schlägt gleich elf und wenn ich nicht sofort meinen Wachmacher bekomme, erzähl ich den Leuten von euren miesen Geschäften."

„Harry, das meint er ernst, gib ihm endlich was!" Dr. Steinhöfel sah seinen Tresennachbarn besorgt an. Bei dem handelte es sich um Hans Schröder, Polizeioberrat im Ruhestand, der ebenfalls vorgab nur aus gesundheitlichen Gründen gelegentlich zur Flasche zu greifen. „Der Polizeidienst an vorderster Front hat mich zermürbt", erzählte er oft. „Sinkt mein Pegel unter 0,5 Promille leide ich unter posttraumatischen Belastungs- störungen. Unter 0,3 Promille kommen Panikattacken hinzu. An das was darunter passiert möchte ich gar nicht erst denken." Da man einem verdienten Beamten im Urlaub so etwas nun wirklich nicht wünschte, wurde er immer zuerst bedient.

Harry schob beiden ihre Getränke in Reichweite. Sie tranken immer das Gleiche. Zu dieser frühen Stunde war es Espresso mit einem großen Glas Wasser. Da der Espresso gesundheitsschädliches Koffein enthielt, wie der Doktor erklärt hatte, das zu Zittrigkeit, Herzklopfen und Bluthochdruck führen konnte, nahmen sie nur sehr sparsam davon und hielten sich mehr an das Wasser, von dem sie reichlich nachorderten.

Da die Bar sich langsam füllte, stand ihnen Harry nicht mehr so oft zur Verfügung, so dass sie sich allein über die gesundheitlichen Erfordernisse im Alter unterhalten mussten.

„Wenn meine Leber kaputt ist Robert, sauf ich auf der Milz weiter", stöhnte der Polizist und bewies damit erneut, dass ein deutscher Beamter vorausschauend denken und planen kann.

„Dieser blöde Spruch", protestierte der Gynäkologe ärgerlich, da ihm schon wieder das Wasser ausgegangen war, „stammt noch aus einer Zeit in der man nicht wusste, wozu die Milz eigentlich gut war."

„Und, wozu ist sie denn gut?"

„Das verstehst du doch nicht."

„Typischer Akademikerdünkel." Hans rümpfte die Nase.

„Wie du willst. Die Milz vermehrt die Lymphozyten, speichert die Monozyten und sortiert überalterte rote Blutkörperchen aus. Bist du nun schlauer?"

„Was genau sind Lymphozyten?"

„Weitere Infos nur gegen Honorar, mein Lieber."

„Vielleicht sind wir ja auch rote Blutkörperchen, die von der Milz des Lebens aussortiert wurden", entgegnete Hans, ungewohnt tiefsinnig.

Bevor dem Gynäkologen dazu eine geistreiche Bemerkung einfiel, gesellte sich Harry wieder zu ihnen. Zu dieser frühen Stunde gab es noch keine Cocktail-Kunden. Fast alle tranken straight, ein für Bartender sehr freundliches Konsumverhalten, wie Harry es schätzte. Erst am späten Vormittag tauchten gewöhnlich die ersten schnatternden Ladys auf, die Zacapa Old Fashioned mit dunklem Rum aus Guatemala bestellten, weil er im Urlaubsprospekt besonders erwähnt wurde. Dann gackerten sie darüber wo überall auf der Welt sie ihn schon getrunken hatten und wie viel besser er damals war. Sie plapperten über Geschmacksnuancen obgleich sie einen Ballantine`s nicht von einem Chivas Regal unterscheiden konnten.

Harry hatte eigentlich nichts gegen weibliche Gäste, aber diese hier störten empfindlich sein Kerngeschäft. Volks- und betriebswirtschaftliche Theorien gehörten nicht zu seinen speziellen Interessengebieten, wohl aber genaue Kenntnisse über seine Kundenstruktur, die für die Maximierung seines Einkommens verantwortlich war. Und Männer gaben an der Bar nun mal wesentlich mehr aus als Frauen, obgleich diese die teureren Getränke bevorzugten.

„Sag mal pennst du?" unterbrach der Doktor Harrys Überlegungen. „Du beziehst dein überhöhtes

Gehalt vor allem um die Gäste bei Laune zu halten. Und was machst du. Kein Wasser, kein freundliches Wort, kein…Hans sag du doch auch mal was."

„Schenk ihm noch ein Wässerchen ein", Hans zuckte mit den Schultern, „er meint es nicht so. Mir kannst du auch noch einen geben, ich fühl mich erst knapp unter Nullkommaacht."

Während Harry seinen Pflichten nachging bemühte sich der Doktor plötzlich näher an Hans heranzurücken um Körperkontakt mit einem gewichtigen weiblichen Wesen zu vermeiden, das sich auf den freien Hocker neben ihm gezwängt hatte.

„Rutsch mal `n Stück," grunzte er seinen Kumpanen an, „die Lady möchte auch einen Platz an der Sonne."

Der kannte dessen Aversionen einer Frau zu nahe zu kommen, geschweige von ihr berührt zu werden. Denn Robert hatte ihm einmal mit bewegenden Worten anvertraut: *Fast dreißig Jahre haben kranke Weiber vor mir auf dem Tiroler gelegen. Dicke, dünne, kurze, lange, alte, junge, rasiert und naturbelassen. Anblicke, bei denen vielen Männern einer abgeht, verursachen bei mir nur noch Übelkeit.* Hans empfand sogar ein gewisses Verständnis für diese Einstellung, denn er dachte auch gern an die Zeiten zurück, als die Theken dieser Welt noch männliche Domänen waren.

„Vielen Dank meine Herren, wirklich sehr galant", hörten beide jetzt eine sonore Stimme, „ich bin die Vera und möchte sie zu einem Drink einladen. Noch einen Espresso vielleicht?"

„Um Gottes willen", entfuhr es Hans. „Ich wollte sagen", bemühte er sich dann die Situation zu retten, „rein magenmäßig kann ich nicht mehr als einen vertragen. Übrigens, ich heiße Hans und würde gern einen Wodka trinken." Zur Belohnung für diese längste Damenrede seit seiner Pensionierung, kippte er mit geübtem Schwung den Rest seines Wassers in sich hinein.

Harry wusste, dass auch der Doktor kein Meister sinnentleerten Small Talks war und entschied ihm zur Hilfe zu kommen.

„Und der Dritte im Bunde ist unser Akademiker Dr. Robert…"

„Vorstellen kann ich mich immer noch selbst, Harry", unterbrach der ihn jedoch rüde und drehte sich zu seiner neuen Nachbarin, der er bisher den Rücken zugekehrt hatte. Er blickte in ein heiteres, warmherziges, sympathisches Gesicht, das ihre XXL-Maße bei weitem überwog. Er war wie vom Donner gerührt. Wieso habe ich je etwas gegen üppige Formen gehabt, versuchte er sein Gedankenchaos zu ordnen, oder gegen Frauen überhaupt? Es gelang ihm nicht seinen Blick von ihr zu lassen.

Vielleicht lag es aber auch daran, dass er in seinem Beruf so selten Gelegenheit gehabt hatte, Frauen tief in die Augen zu sehen.

„Sie sind willkommen", verkündete er schließlich, „mein Name ist Robert, und ich trinke ebenfalls Wodka."

„Juuchhu, ich wusste gleich, dies ist der richtige Platz für mich. Sie strahlen alle so etwas Animalisches aus. Drei Wodka on the Rocks bitte."

„Ich heiße Harry, Gnädige Frau."

„Unsinn Harry, sie kennen doch meinen Namen. Gestern Abend", plauderte Vera ungebremst weiter, „war ich in der Anytime Bar und habe mir von diesem fürchterlichen Gefasel der Leute die Stimmung verderben lassen. Die Herren rückten ab von mir, die Damen näher ran, weil sie dadurch selbst noch schlanker wirkten. Da lief doch tatsächlich so ein Page mit einem Schild durch den Raum", Vera schwelgte in Erinnerungen, „auf dem stand: Direktor Müller Telefon bitte. Und das in unseren Handyzeiten. Ich schätze den Herrn Direktor auf weit über Hundert."

Harry servierte die Drinks.

„So schnell warst du bei uns noch nie, Harry. Aber wir sind ja auch nicht so schön."

Robert, der sich als überzeugter Junggeselle nicht erinnern konnte, je einen Drink von einer

Frau akzeptiert zu haben, da dieses Verhalten bei Freunden von ihm zu einigen missglückten Ehen geführt hatte, sah sich daher veranlasst dieser unerwünschten Fehlentwicklung vorzubeugen. Dann aber fiel ihm ein, dass er eigentlich seit Berufsbeginn vom Geld kranker Frauen lebte.

„Wir trinken auf das Wohl unserer Spenderin", sagte er plötzlich zu seiner eigenen Überraschung, wobei er sich gleichzeitig ärgerte, dass ihm nichts Intelligenteres eingefallen war.

Hans erhob sofort sein Glas, und nickte mehrfach zustimmend, als könnte er der Bedeutung dieser Aussage gar nicht genug beipflichten.

Nach zwei weiteren Runden von Hans und Georg, die nicht nur zum vertrauteren DU führten, sondern auch halfen noch bestehende Vorurteile abzubauen, erklärte Vera sich die Nase pudern zu müssen.

„Und was pudern wir uns?" brüllte Hans nachdem sie gegangen war, worauf Harry ihn mit beschwichtigenden Handzeichen beruhigte.

„Sie haben mittlerweile ihre Konten überzogen, meine Herren." Der freundliche Harry wirkte plötzlich sehr geschäftsmäßig. „Sie Herr Doktor stehen mit zwanzig Euro in der Kreide und sie Herr Schröder schulden mir zwölf Euro. Falls mir nicht jeder von ihnen verdeckt einen Hunderter überreicht, und zwar bevor diese reizende Dame zurück ist, erkläre ich unsere Geschäftsbeziehungen für beendet. Es steht ihnen dann frei über die Bordkarte und zu Bruttopreisen weiter zu konsumieren."

Schon nach der Hälfte dieser Ansprache hatten beide in ihre Gesäßtaschen gegriffen und Harry die gewünschte Summe in die Hand gedrückt. Nachdem der das Geld blitzschnell hatte verschwinden lassen, beugte er sich vor und flüsterte: „Gleich erscheint hier ihre neue Freundin und wird darauf bestehen mir ebenfalls Geld zu geben."

„Bist du Hellseher?" wollte Hans wissen.

„Nein britischer Bartender, der immer weiß was seine Gäste wünschen. Ich habe sogar schon die Royals bedient", fügte er dann noch bestätigend hinzu. „Genau wie meine Eltern zu ihrer Zeit."

Hans hoffte inständig, dass Harry sich nicht auch noch als unehelicher Sohn eines der Häuptlinge dieses ausbeuterischen Clans outen würde, da er Adel in welcher Erscheinungsform auch immer, nun mal nicht leiden konnte.

„Ich möchte auch Mitglied in eurem Club werden", verkündete Vera, nachdem sie sich wieder auf ihren Hocker gewuchtet hatte.

„Was meinst du, holde Tochter der Isis", fragte Robert scheinheilig, sich an seine humanistische Ausbildung erinnernd.

„Wir sind nur in Männerclubs", beteuerte Hans, dessen schulische Bildung mit der mittleren Reife ein jähes Ende gefunden hatte und den der Name Isis an eine wegen Totschlags verurteilte Hure aus der Hamburger Herbertstraße erinnerte.

„Ok Harry, wenn du gleich meine Bordkarte verlangst und meine Drinks darüber abrechnest, wird das erschütternde Folgen haben für…"

„Du musst nichts zahlen", unterbrach sie Robert, der wusste wann er verloren hatte. „Was hat uns verraten?"

„Willst du das wirklich wissen?" Vera holte tief Luft, was ihren BH an den Rand seiner Belastbarkeit trieb. Sie dachte nicht im Traum daran preiszugeben, dass Harry ihr das zugeflüstert hatte, mit der Absicht seinen Kundenstamm auszubauen.

„Hundert Euro Vorkasse", beendete der nun die peinliche Situation, „und sie trinken zum halben Listenpreis bis ihr Depot verbraucht ist."

„Wir haben einen Deal", lächelte Vera und schüttelte Harry die Hand. „Gilt der auch für bereits getätigte Umsätze?"

„Aber selbstverständlich", Harry ließ den Schein in irgendeiner seiner Taschen verschwinden.

„Machen deine Kollegen das auch?"

„Nein, nur noch einer und an den kommen sie nicht ran."

„Gut, dann möchte ich deinen Einsatzplan für die gesamte Reise." Sie nickte ihm aufmunternd zu. „Wann arbeitest du wo. Geht das?"

„Aber sicher doch. Ich wusste gleich, sie sind etwas Besonderes. Je nach Schicht morgens Beach Bar oder Pier 3. Nachmittags Ocean Bar oder Lounge, abends Sunset Bar oder Vinothek. Bei schlechtem Wetter kann sich das auch schon mal verschieben, denn die Bedienung folgt den Gästen."

„Ach Harry, du befindest dich auf dem völlig falschen Dampfer oder besser gesagt, auf der falschen Route. Du benötigst Turns von mindestens drei Wochen." Vera redete sich in Begeisterung und beugte sich über den Tresen. „Dein Preisdumping-Konzept ist zwar genial, aber du verlierst deine wenigen Kunden zu schnell wieder."

„Was meinen sie wie oft ich darüber bereits ge-grübelt habe. Aber an mehrwöchige Karibik-Touren ist nur schwer heranzu- kommen. Dort würde mir außerdem die nötige Logistik fehlen. Trotzdem bin ich eigentlich ganz happy. Ich könnte auch noch mehr machen, aber das würde zu Lasten der Sicherheit gehen. Denn wenn ich auffliege, stehe ich danach wieder in einem Pub in Soho." Er griff zu seinem Handy und schien einige Anweisungen entgegenzunehmen. „Sorry", sagte er dann, „ich muss sofort ins Café Mare, da brummt der Bär." Er stopfte eilig einige Dinge in eine große Reisetasche, in der sich auch einige Flaschen zu befinden schienen, wie der Doktor missbilligend bemerkt hatte.

„Bevor ich gehe benötige ich ihre Bordkarten meine Herren, zwei Espresso sind noch offen."

Harry eilte ein Deck höher zu seinem neuen Einsatzort. Er wusste, zeitliche Verzögerungen wurden nicht toleriert. Man würde ihn ausmustern und nicht wieder einstellen, wenn es ganz schlecht lief, andere Reedereien auch nicht. Dank seiner Extraeinnahmen war er der bestverdienende Barkeeper der gesamten Reedereiflotte, und er wollte diesen Zustand so lange wie möglich beibehalten. Doch diese Vera hatte ihn noch einmal auf die Schwächen seines Geschäftsmodells hingewiesen. Die Kundenbindung war einfach zu kurz. Es fehlte die Nachhaltigkeit. Jede Woche musste er sich neue Konsumenten suchen, mit all den damit verbundenen Risiken.

Seinem Arbeitgeber ging es eigentlich genau so. Aber das lag auch mit daran, dass ein völlig falsches Konzept verfolgt wurde. Warum überhöhte man nicht die Essenspreise und subventionierten den Alkohol. Das würde die Urlaubsstimmung an Bord heben, die Fettleibigen schlanker werden lassen, und die Personalkosten im Restaurantbereich halbieren. Aber solange er noch so gut von diesem Alkoholmonopol der Schiffsleitung lebte, wollte er dazu keine Verbesserungsvorschläge einreichen. Er verhielt sich lieber wie sein Arbeitgeber, der die Gäste durch Dumpingpreise an Bord lockte. Er tat auch nichts anderes und litt daher ebenfalls nicht unter lästigem Unrechtsbewusstsein.

Sie machten ihr Geschäft zu Dritt. Ein Deutschtürke war Angestellter eines Rostocker Schiffsversorgers, der das Schmuggelgut zusätzlich zur offiziell bestellten Ware mit an Bord brachte. Neben Harry gab es noch einen zweiten Barkeeper, der sich um den Absatz kümmerte. Harry pflegte keinen weiteren Kontakt zu ihm, da er bedauerlicherweise Schotte war. Aber, so what, man konnte eben nicht immer alles haben.

Nach Abzug aller Kosten für gelieferte Ware, Schweigegelder für argwöhnende Kellnerinnen usw., betrug sein wöchentlicher Nebenverdienst durchschnittlich zweitausend Euro die Woche. Sicher, es war nicht besonders viel, aber immerhin steuerfrei. –

Nachdem Harry die Beach Bar verlassen hatte, erklärte Vera ihren neuen Bekannten den weiteren Ablauf der Reise.

„Scheiß auf Ausflüge, Busfahrten und sonstigen Schnick-Schnack. Das Geld was wir dadurch sparen, können wir besser anlegen. Oder hat einer von euch etwa vorher schon ´nen Ausflug gebucht?"

Robert schüttelte spontan den Kopf, woran sich nach kurzem Zögern auch Hans beteiligte, obgleich er schon zuhause die Besichtigung vom Stockholmer Rathaus und des Vasa Museums geordert hatte. Aber was waren diese alten Klamotten schon gegen Vera.

„Prima. Dann treffen wir uns hier morgen früh um neun, und ich bringe euch Lyer Dice bei. Oder spielt ihr lieber Skat?"

So plätscherte die Unterhaltung weiter gesellig dahin, bis alle plötzlich mächtigen Durst verspürten, worauf Vera fröhlich verkündete: "Geh'n wir doch ins Cafè Mare, da brummt der Bär."

Daran wie der Abend ausgegangen war, konnte sich Robert nicht mehr so genau erinnern. Er wusste nur noch, dass er Vera darüber in Kenntnis setzen wollte Gynäkologe zu sein, der in allen Fragen vaginaler Indisposition der richtige Ansprechpartner sei. Aber leider hatte dieser blöde Ex-Bulle immer wieder dazwischen gequatscht, indem er haarsträubende Lügengeschichten über seine heldenhaften Einsätze gegen das organisierte Verbrechen sowie das internationale Bandenunwesen verbreitete. Sicher war nur, heute Morgen wollten sie sich zu einem gemeinsamen Frühschoppen in der Beach

Bar treffen, da Harry dort wieder für sich und seinen Arbeitgeber die vagabundierende Kaufkraft der durstigen Kreuzfahrer abschöpfte.

Vera

Als Rudolf Hübner die Reservierungsbestätigung für die von ihm gebuchte Aldia Seereise in seinen leicht zittrigen Händen hielt, wurde ihm urplötzlich bewusst, dass sich sein Leben grundlegend geändert hatte und nichts wieder so sein würde wie bisher. Das ganze Elend begann mit der fröhlichen aber bestimmten Ankündigung seiner langjährigen Ehefrau Rita, sich zu ihrem bevorstehenden achtzigsten Geburtstag eine Kreuzfahrt zu wünschen. Da sie insgeheim schon mit Widerstand gerechnet hatte, fügte sie noch einige unwiderlegbare Begründungen hinzu, die nicht ganz frei von einer gewissen Beliebigkeit waren, was man einer älteren Dame jedoch nicht vorhalten konnte.

„Man wird schließlich nur einmal im Leben achtzig", war ihr stärkstes Argument, „und wer weiß ob ich im nächsten Jahr überhaupt noch lebe." An dieser Stelle, das wusste Rudolf von früheren Machtproben, war energischer Widerspruch erforderlich, wollte man sich nicht der Rührungsschiene aussetzen. „Niemand liebt mich. Die Kinder führen ihr eigenes Leben, rufen nicht mal mehr an. Unsere Enkel kennen bestimmt nicht mal meinen Vornamen und für dich bin ich auch nur noch zum Ein-

kaufen und Kochen nutze. Ach ich bin so unglück-
lich, ich mag nicht mehr..."

Wie Rudolf sich dunkel erinnerte, hatte er genau
an dieser Stelle ihrem Seereise-Wunsch zugestimmt. Eigentlich hatte er ihn nur abgesegnet,
denn auf seine Stimme kam es zu diesem Zeitpunkt
gar nicht an. Später vielleicht, falls es irgendwelche
Schwierigkeiten geben sollte, würde er sich anhö-
ren müssen: "Du hast es doch auch gewollt oder
hab ich vielleicht die Reise gebucht?"

Nun las er den Computerausdruck der Aldia
Cruises in dem sich diese für seinen Auftrag be-
dankte und ihn davon in Kenntnis setzte, dass man
sich freue ihn in dreiundsechzig Tagen an Bord
willkommen heißen zu dürfen. Ihm schwante sie
würden ihn jetzt ständig mit Traumurlaubspost be-
pflastern und dabei den Countdown weiter laufen
lassen. Da es sich um eine amerikanische Reederei
handelte, fragte er sich ob die dortigen Strafvoll-
zugsbehörden das mit ihren Kandidaten in den To-
deszellen wohl auch so machten. Er trennte sich
jedoch schnell wieder von dieser abstrusen Vorstellung und vertiefte sich weiter in das Schreiben der
Reederei.

Ohne besonders auf Details zu achten, nahm er
bei der ersten Durchsicht nur die allgemeine
Grundstimmung auf. Es wurden Unmengen schö-

ner Versprechungen für eine spätere Zukunft gemacht, bei denen Vokabeln wie Traumurlaub, prachtvoll, fantastisch, einzigartig und andere mehr eine große Rolle spielten. Geradezu paradiesische Zustände würden in dreiundsechzig Tagen eintreten, falls man sofort seine Rechnung bezahlte. Am liebsten gleich den Gesamtbetrag, aber es wurde auch eine dreißigprozentige Anzahlung akzeptiert.

Rudolf erinnerte diese Geschäftsabwicklung an die Praktiken der katholischen Kirche an die er als Alleinverdiener und überzeugter Atheist, dreißig Jahre Steuern entrichten musste, weil seine Frau partout nicht aus diesem Club austreten wollte, da sie den Versprechungen glaubte nur so ins Paradies zu kommen. Na ja, hatte er sich irgendwann gesagt, bei Zusagen dieser Art ist immer Vorkasse mit im Spiel, das war selbst im horizontalen Gewerbe so.

Als er dann beim zweiten Hinsehen las, welche bürokratischen Hürden sich noch vor ihm auftürmten, stand er kurz davor seine Ehe durch eine Stornierung aufs Spiel zu setzen. Seine Buchung würde im Direktinkasso abgewickelt, teilte man ihm mit, und wenn er ein, den Rechnungsbetrag erhöhendes, Transaktionsentgelt vermeiden wolle, müsse er verschiedene Voraussetzungen erfüllen. Dazu musste noch ein Schiffsmanifest ausgefüllt werden, ganz bequem im Internet. Während er noch darüber grübelte was wohl unter all diesem zu verstehen sei, erhielt er per Email eine Rechnung über den sofort fälligen Anzahlungsbetrag. Diesmal ohne jeden Hinweis darauf in wie viel Tagen die Crew sich freuen würde ihn an Bord begrüßen zu dürfen.

Gleichzeitig erhielt er ein Passwort mit dessen Hilfe es möglich war Lieblingsausflüge, Wellnessanwendungen, Getränkepakete, kulinarische Vielfalt, Gepäcktransporte, einen Parkplatz und vieles mehr bereits jetzt zu reservieren. Bei all diesem durfte natürlich nie die Buchungsnummer vergessen werden. Selbstverständlich, dachte er schulterzuckend, warum erwähnen die das überhaupt noch?

Weiterhin ließ man ihn wissen, dass er eine Meerblickkabine mit unverstellbarer Aussicht gebucht hatte, deren Stornogebühren 30 Prozent betrugen, allerdings nur bis fünfzig Tage vor Abfahrt und dass täglich zwei Flaschen Mineralwasser pro Kabine gratis geliefert würden.

Darüber hinaus lehnte er es jedoch entschieden ab sich mit den aktuellen Reisebedingungen auseinanderzusetzen, mit den Infos über Sicherungsscheine für Pauschalreisen, und den empfohlenen Versicherungspaketen. Er rief auch nicht beim Kundencenter an, da er wusste, die würden ihm auch nicht sagen wollen, wie er aus der ganzen Sache kostenfrei wieder rauskäme.

Schließlich wurde auch noch angeraten dem Aldia Club beizutreten, in dem man für erwiesene Treue exklusive Vorteile genießen könne. Rudolf überlegte kurz, aber um einen Escort-Service konnte es sich eigentlich nicht handeln, da auch Damen als Mitglieder willkommen waren.

So schritt die Zeit unabänderlich voran. Da er leichtsinnigerweise, und um seiner Frau eine Freude zu machen, einige Extras gebucht hatte, hagelte es jetzt Rechnungen. Jede Leistung wurde einzeln abgewickelt. Er zahlte alles erschreckt noch am gleichen Tag, weil widrigenfalls sofortige Stornierungen angedroht wurden. Danach folgten zahlreiche Zahlungseingangsbestätigungen.

Nun fehlen nur noch Bescheinigungen über die Versendung der Zahlungseingangsbestätigungen seufzte Rudolf und begann mit der Einrichtung eines zweiten Reiseordners.

Rudolf litt in den letzten Tagen und Wochen immer häufiger unter lethargischen Aussetzern. Er starrte dann, auf dem Sofa sitzend, über Stunden unbewegt auf seinen LCD-Bildschirm. Da er öffentlich-rechtliche Sender mied, obgleich sie Zwangs- gebühren von seinem Konto abbuchten, war er überproportional häufig diesen unterhaltsamen, optimistischen Werbebotschaften ausgesetzt. Er begann Gefallen an ihnen zu finden und war verstimmt, sobald sie von redaktionellen Beiträgen unterbrochen wurden. Besonders angetan hatte es ihm, die von vielen Firmen präferierte Vorher-Nachher Situation.

1.Szene: Hausfrau ist verzweifelt, suizidgefährdet, weil Wäsche nicht richtig sauber wird.

2.Szene: Uriel kommt ins Haus und entwickelt magische Kräfte.

3.Szene: Hausfrau und Wäsche strahlen. Beide danken Uriel. Manchmal musste allerdings auch noch ein Arzt oder Apotheker befragt werden.

Vielleicht werde ich nach der Kreuzfahrt ja auch wieder fröhlich, hoffte Rudolf und riss sich von der Glotze los. Gerade rechtzeitig, denn sein PC übermittelte ihm die abschließende Rechnung des Aldia-Parkservice in Warnemünde. Er zahlte, völlig desinteressiert und fragte sich ratlos: Was ist dir bloß in der letzten Zeit widerfahren alter Junge? Wie konntest du nur in diese Situation geraten? Soweit er zurückdenken konnte, war er als extremer Individualist durchs Leben gegangen. Sein Vater hatte ihn bereits als kleiner Junge eindringlich ermahnt: „Wenn du dich irgendwo auf einen Pulk von mehr als zwanzig Menschen zubewegst, dreh dich um und geh in eine andere Richtung, ganz gleich wo du vorher hinwolltest." Er war niemals Mitglied in einem Verein, mied öffentliche

Verkehrsmittel, Einkaufszentren und andere Plätze öffentlicher Belustigung.

Schon das Wort Pauschalurlaub trieb ihm den Angstschweiß auf die Stirn, so wie anderen vielleicht die Begriffe Massenmörder oder sozialistisches Parteiprogramm. Stets war er allein oder mit Rita gereist, und jetzt musste er gemeinsam mit über dreitausend Menschen einen dieser riesigen Massentransporter besteigen, die Meere und Häfen verdreckten. Zu allem Überfluss verlangte ein grausames Schicksal von ihm, während der gesamten Reisezeit überschäumende Freude zu heucheln, denn Rita würde es nicht dulden, dass er eine Woche ein langes Gesicht zog oder an der Bar abhing.

Nichts konnte ihn mehr retten, es sei denn ein plötzliches Siechtum würde ihn niederschmettern. Bedauerlicherweise war er mit seinen dreiundachtzig Jahren jedoch bemerkenswert gesund. Nicht mal eine Erkältung hatte ihn je aufs Krankenlager geworfen. Das liegt vor allem daran, wurde ihm einmal von einem Internisten erklärt, den er auf einer Strandwanderung an einem nasskalten Novembertag in St. Peter-Ording kennengelernt hatte, dass sie anderen Menschen nicht die Hand schütteln und sich mit ihnen auch nicht gemeinsam von A nach B befördern lassen. Ein derartig gesundheitsbewusstes Verhalten schützt besser als vorbeugende Impfungen, Schlucken von Tabletten und Kapseln oder Einreiben mit Salben und Pasten. Eigentlich dürfte ich ihnen das alles gar nicht sagen, denn schließlich lebe ich und die Pharmaindustrie ganz ausgezeichnet von diesen extrovertierten, kontaktfreudigen Zeitgenossen, die sich spontan umarmen und spätestens beim zweiten Kontakt Körperflüssigkeiten austauschen.

Wahrscheinlich hatte Rudolf damals bei diesem Mann einen emotionalen Damm zum Einsturz gebracht, denn anschließend kam es in der „Arche Noah" zu weiteren angeregten Diskussionen, bei denen der Doktor das letzte Wort behielt, da er die Rechnung bezahlte.

Rita hatte allerdings später abwertend behauptet, diskutieren hätten sie gar nicht mehr können, so besoffen wie sie waren. Dies war für Rudolf wieder ein Beweis dafür, wie ein einziges Ereignis oft völlig unterschiedlich wahrgenommen wird.

***

Sie waren mit dem PKW angereist. Hamburg – Lübeck – Rostock West – Warnemünde. Um 18 Uhr würde die White Condor ablegen. Zwischen 15 und 16 Uhr sollten sie sich zum Check-in einfinden. Rudolf war so spät wie irgend möglich losgefahren, musste sich aber schließlich den Protesten Ritas beugen. Trotzdem hatte er seine letzte Hoffnung auf langanhaltende Staus gesetzt. Vielleicht war ihm das Schicksal gnädig und das Schiff, prall gefüllt mit Traumurlaubern, befand sich bereits ohne ihn auf großer Fahrt. Die Autobahn erwies sich jedoch als nahezu leergefegt und auch eine irreführende Anfahrtsbeschreibung zum gebuchten Parkplatz konnte ihr pünktliches Erscheinen nicht verhindern.

Nachdem man ihnen die Koffer abgenommen hatte, fuhr sie ein Kleinbus zum Schiff. Rudolf quetschte sich sofort in eine Ecke, in der nur noch seine Frau neben ihm sitzen konnte. Er stellte zu seinem Erstaunen fest, dass die Menschen im Bus fröhlich, ja fast ausgelassen waren. Selbst Rita schien erleichtert. Wahrscheinlich hat sie gewusst, dass ich auf einen Stau gehofft habe, dachte er, sie weiß eigentlich immer was ich so vorhabe.

Dann begann der Check-in. Rudolf fühlte sich wie ein mehrfach vorbestrafter russischer Krimineller, der die Absicht hatte in die USA auszuwandern. Gegen Vorlage diverser Ausweisdokumente und ausgefülltem Gesundheitsfragebogen erhielt er schließlich seine persönliche Bordkarte, mit der er später Zugang zum Schiff sowie zu seiner Kabine hatte und die offiziell das einzige Zahlungsmittel an Bord war. Aus vorgeblichen Sicherheitsgründen wurde dann noch von jedem Reisewilligen ein Foto gemacht, während man das Gepäck kontrollierte. Wie er später erfuhr ging es jedoch ausschließlich darum zu verhindern, dass Alkohol aufs Schiff gebracht wurde, durch den die Umsätze der zahlreichen Bars gemindert werden konnten. Als sie dann endlich die Kabinennummer 4150 erreicht hatten, standen ihre Koffer bereits vor der Tür, an der auch ein Kabinenbrief, sowie die Tickets der gebuchten Ausflüge befestigt waren.

Rudolf ließ sich gleich erschöpft aufs Bett sinken. „Hier bleibe ich eine Woche liegen", verkündete er wenig überzeugend.

„Träum' weiter mein Lieber", widersprach Rita dann auch sofort, „zieh dich lieber um, wir haben heute Abend noch viel vor." Sie las interessiert in einem Flyer, der die besonderen Events der Reise auflistete. „Und guck nicht so ablehnend, es ist schließlich mein Geburtstagsgeschenk und somit darf ich auch die Regeln bestimmen. Wer A sagt muss auch B sagen, weißt du. Also heute Abend machen wir die Tour de Gourmet. Zum Auftakt", sie deklamierte den Werbetext jetzt wie einst Thomas Jefferson die Unabhängigkeitserklärung der Vereinigten Staaten, „gibt es ein Glas Champagner in der Vinothek. Genießen sie anschließend ihre Vorspeise in der Sushi Bar, Steak und Lobster im Buffalo Steak House und im Gourmet Restaurant Rossini einen Hauptgang sowie das abschließende Dessert. Anmeldung vor dem Buffalo, vor dem Rossini oder an der Rezeption. Der Preis beträgt Euro 59,90 pro Person, inklusive Wein." Sie ließ den Flyer sinken.

„Ich dachte die Mahlzeiten wären inklusive", nörgelte Rudolf missgestimmt.

„Aber doch nicht bei diesen besonderen Events, für die muss man immer....Ach ich sehe gerade", unterbrach sie sich, „das ist erst Morgen. Aber du könntest trotzdem jetzt schon mal buchen."

„Willst du wirklich die ganze Woche von einem Ereignis zum anderen hecheln? Wir haben schließlich auch noch Ausflüge gebucht."

„Ich mag mich aber nicht länger als unbedingt nötig in dieser engen Einzelzelle aufhalten. Warum hast du keine Suite genommen?"

„Weil die bereits alle vergeben waren, und einen späteren Termin wollten wir auch nicht."

„Ich bekomme hier Platzangst, Klaustrophobie und was weiß ich noch. Dazu diese kleinen Löcher zum Rausgucken, schrecklich."

„Das sind keine kleinen Löcher sondern zwei große Bullaugen, meine Liebe. Und erinnere dich bitte, dass du die Kreuzfahrt wolltest. Ich wäre viel lieber nach St. Peter gefahren."

Bevor Rita die völlig überflüssigen Streitigkeiten weiter anheizen konnte, wurden sie per Lautsprecherdurchsage, die aus dem nicht eingeschalteten Fernseher tönte, dazu aufgefordert, die im Schrank gelagerten Schwimmwesten überzuziehen und dann zu einer international vorgeschriebenen Seenot-Rettungsübung an Deck zu erscheinen. Die Teilnahme sei unumgänglich, daher würden auch Besatzungsmitglieder die Kabinen während der Übung inspizieren.

„Siehst du Rita, wir streiten uns darüber was wir wohl machen werden und Big Brother sagt uns was zu tun ist." Er verschwieg ihr, dass er sich im Notfall bestimmt nicht dorthin begeben würde, wo sich die anderen auf Befehl der Schiffsleitung einfinden sollten.

Nach der knapp einstündigen Übung, während der auch der rechte Umgang mit Schwimmwesten erklärt wurde, durften sich die zwangsverpflichteten Teilnehmer wieder in ihre Kabinen zurückziehen. In dem nun entstehenden Gedränge informierte Rudolf seine Frau über zukünftige gesellschaftliche Entwicklungen und dies in einer Lautstärke, die auch die nähere Umgebung in den Genuss seiner Prognose brachte.

„Bevor all diese Gruftis zurück in ihren Zellen sind, haben sie den ganzen Wust unnützer Informationen längst wieder vergessen."

Rita, die schon einiges von ihrem Mann gewohnt war, schämte sich fast zu Tode und rückte kopfschüttelnd von ihm ab, so als würde sie ihn gar nicht kennen. Drei Reihen hinter ihnen protestierte lediglich eine männliche Stimme: „Wie alt sind sie denn, mein Herr?" Sonst tat sich nichts. Die schweigende Mehrheit strebte zu den Fahrstühlen.

„Ich habe Durst", stellte Rudolf fest, als sie ihre Kabine erreicht hatten.

„Wann hast du den mal nicht", entgegnete Rita schnippisch, da sie ihren Schock noch nicht völlig überwunden hatte.

„Kommst du mit? Es soll hier einige nette Bars geben."

„Ja ich weiß, und bevor die Woche `rum ist, wirst du jede mit mehreren Besuchen beehrt haben. Nein", beantwortete sie dann seine Frage, „ich muss erst unsere Sachen einräumen, sonst schmeckt mir das Essen nicht."

„Essen? Ja natürlich essen, wonach ist dir denn"? fragte Rudolf überrascht, da er die Aufnahme fester Nahrung in seiner persönlichen Tagesablaufplanung bisher nicht berücksichtigt hatte.

„Irgendwas vom Buffet, unsere Gourmet-Tour findet erst morgen statt."

„Da kann ich das East-Restaurant auf Deck 11 empfehlen. Alles vom Feinsten und auch noch kostenlos."

Rita zeigte sich keineswegs von seinen Kenntnissen der kulinarischen Örtlichkeiten beeindruckt. „Also gut, neunzehn Uhr im East. Aber versuch bitte nicht allein den Barkeeper auf Trab zu halten, für heute habe ich Aufregung genug gehabt."

Sie seufzte leise als sie die Kabinentür öffnete. Manchmal wünschte sie sich auch so einen vernünftigen, soliden Mann, wie ihn ihre älteste Tochter geheiratet hatte. Der war fleißig, fürsorglich, rauchte und trank nicht, sah sich nicht nach fremden Frauen um und ernährte sich gesund und vegetarisch. Als ihre Enkel noch klein waren, hatte er sogar deren Windeln gewechselt und in der Öffentlichkeit den Kinderwagen geschoben. Das ging ihr sogar etwas zu weit. In ihrer Jugend wäre so ein Verhalten völlig daneben gewesen.

Trotzdem schien ihr die Ehe nicht so richtig glücklich. Woran konnte das bloß liegen? Ob sich ihre Tochter langweilte? Warum sonst himmelte sie ihren eigenen Vater mit all seinen Schwächen mehr an als den Vater ihrer Kinder? –

Da es bereits kurz vor sechs war und der Essenstermin in einer Stunde anstand, wählte Rudolf, um später durch lange Wege nicht unnötig Zeit zu verlieren, die Time Out Bar auf dem gleichen Deck wie das East. Hier würde er die erforderlichen Aperitifs zu sich nehmen, die seine Geschmacksnerven stimulierten und seinen Verdauungsapparat schonend auf die feste Kost vorbereiteten.

Nachdem er am Tresen einen doppelten Gin mit etwas Tonic geordert und gleichzeitig seinen enormen Zeitdruck erwähnt hatte, weswegen er auf prompte Ausführung seiner Bestellungen bestehen müsste, nahm Rudolf an einem Zweier-Tisch Platz. Gelangweilt betrachtete er das Ambiente. Ihm war klar, je beeindruckender es auf den Betrachter wirkte, desto teurer waren die Drinks. Irgendwie empfand er das auch nachvollziehbar. Dem Management stand schließlich nur eine Woche zur Verfügung das Geld ihrer Gäste in die eigenen Taschen zu überführen. Daher war zügiges Handeln erforderlich. Sein Drink kam denn auch sofort. Er nahm dies als Zeichen guten Willens und bestellte einen weiteren Doppelten, allerdings ohne Tonic.

„Das ist doch Gordons oder?" wollte er dann noch von der jungen weiblichen Bedienung wissen.

„Wir führen nur international bekannte Markenartikel, mein Herr", flüsterte sie, leicht errötend.

Er nickte nur müde und wusste, dass man ihm billigen Fusel vorsetzte. Ihre Antwort bestätigte das. Sie klang wie auf einem Kurzlehrgang eingebläut, was auf sich ständig wiederholende Gästefragen zu erwidern sei.

Seine visuelle Umschau stoppte abrupt, als ihm ein beleibtes weibliches Wesen ins Blickfeld geriet, das selbst zwei Gäste an der Bar beobachtete, die schon hoch in den Sechzigern sein mussten und nur Wasser zu trinken schienen. Merkwürdig erschien ihm nur, dass sie sich dabei so gut gelaunt zeigten. Sie waren offensichtlich erst vor kurzem aus ihren Berufen ausgeschieden, denn sie schwankten noch zwischen dem Jubel der Niewiederschlips-Phase und dem Autoritätsverlust, den der Verlust ihres Jobs ihnen beschert hatte.

Die Füllige schien auch deren Gespräche aufzunehmen, machte sich gelegentlich Notizen und sah ebenfalls sehr fröhlich aus. Rudolf war geneigt sie für eine Kriminelle zu halten. Irgendwann würde sie sich mit den beiden bekannt machen, deren politische Meinungen und Lebenseinstellungen vertreten, erstaunlich viel über sie wissen und sich dadurch Vertrauen und Akzeptanz verschaffen. Sie war mit Sicherheit hochintelligent und was in ihrem Beruf fast noch wichtiger war, über alle Maßen empathisch. Er kannte nicht ihre Masche, war aber sicher, dass am Ende der Reise diesen beiden Wasserschlucker um erhebliche Beträge geschröpft worden waren.

Augenscheinlich wussten die potentiellen Opfer noch nicht was ihnen bevorstand, aber Rudolf sah auch keine Veranlassung dieser alleinschaffenden Lady das Geschäft zu vermasseln.

Er entschied sich für den goldenen Mittelweg, griff nach seinem Drink und trat zu ihr an den Tisch.

„Darf ich?" fragte er höflich, saß aber schon bevor die völlig Überraschte ihre Notizen bedecken und ihm antworten konnte.

„Sie wirken so fröhlich", er lächelte sie an, „das hat mich magisch angezogen."

„Das heißt, sie sind traurig und einsam", stellte sie mit warmer und vertrauenseinflößender Stimme fest.

„Völlig richtig, mein Getränk hat mich verlassen", er deutete auf sein leeres Glas, „darf ich für sie etwas mit bestellen?"

„Meine Mutti hat mir immer wieder gesagt von fremden Männern keine Geschenke anzunehmen", erwiderte sie kokett.

„Wo sind bloß meine Manieren geblieben?" gab er sich selbstkritisch, „mein Name ist Rudolf Hübner, und ich mache an diesem wunderbaren Platz leider nur einen kurzen Zwischenstopp. Um 19 Uhr erwartet mich meine Frau im East Restaurant zur gemeinsamen Nahrungsaufnahme." Er spürte ihr unterdrücktes Lachen.

„Sie wissen, Essen macht dick. Seien sie bloß vorsichtig."

Er war völlig verblüfft und wusste einfach nicht wie er darauf reagieren sollte. Sie machte sich lustig über sich selbst, über gesellschaftliche Konventionen und über ihn wahrscheinlich auch, weil er in seinem Alter noch Verpflichtungen über das stellte, was er eigentlich viel lieber getan hätte. So wurde ihm wieder einmal bewusst, wie unwichtig Äußerlichkeiten jeder Art und Form waren, die von der herrschenden Öffentlichen Meinung gepflegt und kommerzialisiert wurden. Er sah nur noch ihr ausdrucksstarkes Gesicht und ahnte den großartigen Intellekt, der sich hinter ihrer Stirn verbarg. So verkniff er sich alle dummen Sprüche und sagte nur: „Keine Sorge, mein Bauch ist nicht die Folge ständiger Fressorgien. Aufgrund meines miserablen Zahnstatus bevorzuge ich inzwischen die flüssige Zufuhr der nötigen Kalorien."

„Wo bleiben denn da die Vitamine?"

„Kräuterlikör", grinste er.

„Sie erinnern mich an meinen Vater, der war genau so witzig." Sie leerte ihr Glas. „Übrigens, meine Freunde nennen mich Vera und am liebsten trinke ich Wodka on the Rocks."

„Und beobachten dabei alte Männer an der Tränke."

Sie sah ihn erschrocken an. „Deswegen sind sie also gekommen." Es klang wieder wie eine Feststellung. „Welche Schlüsse haben sie daraus gezogen?"

„Keine. Ich weiß nur wie schwer es für sie sein müsste in einem abhängigen Arbeitsverhältnis zu agieren, von festen Regeln eingeengt, von Stupidität, Begriffsstutzigkeit und Zwängen umgeben. Sie können sich nur freiberuflich entfalten und dann auch noch ohne staatliche Aufsicht." Er grinste sie an.

„Sie meinen steuerfrei?"

Er nickte. „Dazu ohne das dichte Geflecht verbotsorientierter Gesetze."

Sie hatte sich inzwischen wieder gefangen. „Es macht Spaß mit ihnen mögliche Sachverhalte zu diskutieren. Rein hypothetisch natürlich."

„Versteht sich."

„Wie glauben sie denn wäre meine weitere Planung mit diesen Gin-Fetischisten?" Sie bewegte den Kopf in Richtung ihrer immer lauter werdenden Beobachtungsobjekte.

„Kennenlernen, Vertrauen schaffen, Begierden wecken, abzocken. So läuft es immer. Rein hypothetisch natürlich."

„Waren sie auch schon mal in dieser Branche tätig?"

„Jeder ist darin tätig, der eine mehr, der andere weniger. Wissen sie, der Sinn menschlichen Wirtschaftens ist, mit dem geringsten Aufwand den größten Erfolg zu erzielen."

„So habe ich das noch nie betrachtet. Dann muss ich wohl auch kein schlechtes Gewissen mehr haben."

Er schüttelte den Kopf. „Das wäre ausgesprochen hinderlich. Ich nehme mal an, bei ihrem Geschäftsmodell kassieren sie Geld für Versprechungen die sie später nicht einhalten. Richtig?"

Sie nickte verlegen.

„Politiker tun das ständig, besonders intensiv vor Wahlen. Und sie glauben doch nicht, dass einer von diesen sogenannten Volksvertretern jemals ein schlechtes Gewissen gehabt hätte. Die halten sich eher an den Spruch: Was interessiert mich mein dummes Geschwätz von gestern. Oder sehen sie sich mal die TV-Werbung an. Wie fürchterlich dort zum eigenen Nutzen gelogen wird. Keines der angepriesenen Produkte kann halten was die Reklame verspricht. Ich persönlich stelle das immer wieder bei angeblich schmerzlindernden Salben fest. Und so geht es durch sämtliche Wirtschaftsbereiche. Am schlimmsten plündert uns jedoch der Staat aus.

Wussten sie, dass zu Kaiser Wilhelms Zeiten, die höchste Progressionsstufe der Einkommenssteuer bei 4 % lag? Bis heute hat sie sich urknallähnlich entwickelt. Das ist Raub. Daneben muss man noch die Medien, die uns täglich verordnete Ammenmärchen auftischen und die religiösen Heilsverkünder erwähnen. Jeder versucht den anderen über den Tisch zu ziehen."

„Seien sie vorsichtig, ich bin in einem katholischen Mädcheninternat aufgewachsen."

„Toll, dort hat man ihnen sicher das nötige Basiswissen und die erforderliche geistige Einstellung vermittelt."

Jetzt strahlte sie. „Mit ihnen hätte ich mir ein Leben zu Zweit vorstellen können, Rudolf. Rein hypothetisch natürlich und wenn sie gut fünfzig Jahre jünger wären."

„Ähnliche Gedanken haben mich auch schon erwärmt," gab er zu. „Warum umgibt sie eigentlich kein ständiger Begleiter, Vera?"

„Heiratswillige jüngere Männer bevorzugen heute Partnerinnen, die dem Schönheitsideal schlank, und zwar an Körper und Geist entsprechen."

Rudolf war amüsiert wie seit langem nicht. „Diesem Ideal entsprechen sie nun wirklich nicht. Sein Gewicht kann man im Bedarfsfall zwar ändern, aber ich glaube nicht, dass sie sich für einen dieser Ignoranten dumm stellen würden."

„Niemals", sie schüttelte erbost den Kopf, dass ihr die Haare ins Gesicht flogen, „und deswegen bin ich auch noch Jungfrau." Sie errötete als ihr bewusst wurde was sie soeben gesagt hatte.

„Da lag ich aber voll daneben", lachte Rudolf um ihr die Verlegenheit zu nehmen, „ich hätte sie eher für eine Femme fatale, eine Tochter der Unzucht gehalten."

„Warum dachten sie das?"

„Mit ihren intellektuellen und empathischen Möglichkeiten könnten sie doch jeden dieser flachen Typen, die früher nur mit einem Brett vorm Kopf und heute zusätzlich mit dem Smartphone vorm Gesicht durchs Leben laufen, um den Finger wickeln. Übrigens, ich finde sie auch körperlich ausgesprochen reizvoll." Er winkte der Bedienung mit seiner Bordkarte.

„Was kann ich tun um sie von ihrem 19 Uhr Termin fernzuhalten?"

„Nichts mein Kind, aber ich melde mich wieder und dann berichten sie mir von ihren Fortschritten." Rudolf sah hinüber zu den beiden Schluckspechten. Dann erhob er sich mit der Gewissheit noch nie ein derartiges Gespräch mit einer Frau geführt zu haben, die er noch keine halbe Stunde kannte. Auf dem Weg zum East bereitete er sich auf ein Gespräch mit seiner Frau vor, mit der er seit sechzig Jahren zusammen war und bei dem Themen wie Kabinen- und Bullaugengrößen eine wichtige Rolle spielen würden.

***

Rita Hübner war sich im Klaren darüber, dass sie ihren Mann nicht über die gesamte Dauer der Reise in das bestehende, rund um die Uhr laufende, Vergnügungsangebot einbeziehen konnte. Er hatte Animateure und sonstige Unterhaltungskünstler schon immer als Firmenvertreter betrachtet, deren Aufgabe es war ihre Klienten aus einem Zustand depressiver Langeweile in einen, orgiastischer Freude zu versetzen. Wo bleiben dabei aber die, hatte er vor Jahren einmal einen befreundeten Arzt gefragt, die bereits fröhlich, optimistisch und happy sind? Die werden, hatte er dann seine Frage gleich selbst beantwortet, durch deren zweifelhafte Darbietungen, abgestandenen Anekdoten und schlüpfrigen Anspielungen in einen Zustand heftigen Unwohlseins versetzt. Denn genau wie der Körper, leidet auch der Geist unter Junk-Food. Dazu macht das offensichtliche Vergnügen der anderen, die auch bei dem dümmsten Witz in lautes Gelächter ausbrechen, nur um allen zu zeigen, dass sie ihn verstanden haben, ihnen noch bewusster, mit welcher Art Menschen sie sich in einem Raum befinden.

Aber so war er eigentlich schon immer. Feiern, bei denen mehr als eine Handvoll Personen zusammentrafen, wurden von ihm so gut es ging gemieden. Wirklich schöne Feste hatten sie immer dann verbracht, wenn sie beide allein feierten.

Es grenzte schon an ein Wunder, dass er überhaupt mitgekommen war zu dieser Kreuzfahrt. Sie musste ihm seinen Freiraum lassen. Er konnte nun mal nichts anfangen mit Wellness Oasen, der Kunst des Sträußebindens, Küchenführungen, Porträt-Shootings, Tanzkursen, Schauspielerlesungen, Dart mit Lisa, Shuffle Board mit Julian, Foto-Wettbewerben und tausend anderen Sachen.

Dinge, die sie interessierten, würde sie dann allein besuchen. Heute, überlegte sie, während sie sich nach getaner Arbeit vorm Spiegel aufhübschte, hat er bereits eine Stunde zur mentalen Stabilisierung. Er wird in einer Bar sitzen, eine Frau anquatschen und ihre Rechnung bezahlen. Das machte er eigentlich immer. Aber er würde sie nicht betrügen. Heute ja sowieso nicht mehr, aber auch nicht früher. Auf der Tour de Gourmet würde sie aber bestehen und ebenfalls auf der bereits gebuchten Tallin-Panoramafahrt.

***

Rudolf Hübner war mit dem bisherigen Verlauf ihrer Reise eigentlich nicht völlig unzufrieden. Es lief sogar besser als er befürchtet hatte. Beim ersten Abendessen mit Rita im East konnte er so einige Erfahrungen sammeln. Es empfahl sich nicht direkt zu den Öffnungszeiten zu erscheinen, da sich dann vor den Eingängen größere menschliche Ansammlungen gebildet hatten, die ungeduldig Einlass begehrten, so als hätten sie seit Tagen nichts mehr zwischen die Zähne bekommen.

Nach Öffnung der Türen löste sich die wartende Menge jedoch in Sekundenschnelle auf, da, abhängig von persönlicher Fitness, ein jeder in der ihm möglichen Geschwindigkeit, zu den wenigen Fensterplätzen stürzte. Wer also nicht den unbezähmbaren Zwang in sich verspürte auch noch während des Essens auf die verschmutzte Ostsee zu starren, konnte auf der anderen Seite, ohne Körperkontakt mit drängelnden Gästen, relativ ungestört seine, selbst vom Büfett herbeigeschafften Speisen, verzehren. Es wurde sogar noch ein kostenloser Tischwein angeboten, aber an den wollte er sich lieber nicht mehr erinnern. Ihm fiel jedoch weiter auf, dass seine Tischnachbarn, selbst die mit akzeptablem Äußeren, sich die Teller so voll geschaufelt hatten, als wäre es ihre letzte Mahlzeit auf dieser Reise.

Sie haben bezahlt, hatte Rita ihm zugeflüstert, und nun wollen sie auch den vollen Gegenwert. Er konnte es kaum glauben. Werde bloß nie wieder achtzig, hatte er schließlich nur gedacht, denn er wollte ihr nicht den Spaß verderben. Gesagt hatte er. Siehst du dort die Hocker vor dem Tresen? Das ist die Sushi-Bar an der wir morgen Abend unsere Vorspeise einnehmen werden.

Später hatte Rita sich zu seinem Erstaunen bereit erklärt ihn in die Time-Out-Bar zu begleiten, in der er sich schon vor dem Diner aufgehalten hatte. Sie brauchte nach dem Essen einen Drink, hatte sie gemeint, und sie wollte auch mal wieder sehen in welchem Ambiente er sich so wohlfühlte, dass er Stunden und Tage dort verbringen konnte. Er hatte diese kleine Spitze geflissentlich überhört und ihr galant seinen Arm angeboten.

Bedauerlicherweise hatte Vera die Bar bereits verlassen. Lediglich ihre zukünftigen Opfer saßen noch auf ihren Hockern. Inzwischen schienen sie jedoch ihr verschärftes Wirkungstrinken eingestellt zu haben, denn vor ihnen standen Kaffetassen und Limo-Gläser.

Nachdem Rita ihre argwöhnische Überprüfung dieses Schnapstempels beendet hatte, wollte sie wissen, welcher der hier anwesenden Alkoholikerinnen er die Zeche bezahlt hatte.

Sie ist nicht mehr da, ich hätte sie dir gern vorgestellt, war seine Antwort. Sie wiegt so um die hundert Kilo und ist das klügste Mädchen, das ich je kennenlernen durfte. Außerdem habe ich nicht ihre Zeche bezahlt, sondern sie nur zu einem Wodka on the Rocks eingeladen.

Danach hatten sie sich dann bald in ihre Kabine zurückgezogen, denn mit Rita konnte er sich einfach nicht über längere Zeit in einer Bar aufhalten. Immer wenn er eine Bestellung aufgab, schüttelte sie entweder verständnislos den Kopf, blickte entnervt an die Decke oder machte stimulierende Bemerkungen wie: „Hast du mal an deine arme Leber gedacht? Du schüttest das pure Gift in dich hinein".

Sie selbst hatte sich mit einem Tonicwasser begnügt, an dem sie sich hin und wieder die Lippen anfeuchtete. Wahrscheinlich war es ihr nicht möglich in dieser Umgebung einen kräftigen Schluck zu nehmen, von welchem Getränk auch immer. Als er bemerkte, dass sie kurz davor stand eine ständig kichernde, ihren Begleiter in Grund und Boden quatschende, Tischnachbarin zu maßregeln, die innerhalb kürzester Zeit zwei Zacapa Old Fashioned konsumiert hatte und soeben den dritten orderte, zückte er seine Bordkarte und beendete abrupt das traute Beisammensein.

Später im Bett wollte sie dann noch von ihm wissen, warum er so ungern mit ihr Kneipen- und Barbesuche machte. Da ihm völlig klar war, dass seine Antwort die Stimmung während der restlichen Reisezeit maßgeblich beeinflussen würde, hatte er mit der Weisheit seiner dreiundachtzig Jahre geantwortet: „Wir beide haben unterschiedliche Wünsche und Bedürfnisse, die sich nur im Rahmen verschiedener Events und Locations, wie das wohl heute heißt, erfüllen lassen. Wirklich glücklich sind wir aber nur, wenn wir, fern von diesem Trubel, gemeinsam im Bett liegen." Danach hatte er sie an sich gezogen, womit dieses Thema von der Tagesordnung gestrichen war.

Bevor er endlich einschlief war ihm noch einmal mit Grausen bewusst geworden, dass jetzt täglich feste Termine auf ihn warteten und das Elend gleich morgen um 18 Uhr mit der Tour de Gourmet in der Vinothek begann. Wie lange es dauerte mochten die Götter wissen. Er würde sich unbedingt vorher, mit Hilfe einiger Drinks in Bars, die er noch nicht kannte, entspannen müssen.

Rita hatte Ähnliches vor. Zuerst hatte sie einen Besuch der Wellness Oase geplant und danach wollte sie noch eine Kunstauktion im Theatrium aufsuchen, bei der Werke von „renommierten" Künstlern, wie es im Tagesprogramm hieß, kostengünstig versteigert wurden.

Nach einem gemeinsamen Frühstück im Markt Restaurant, sah die Welt schon wieder fröhlicher aus. Beide gingen jetzt getrennte Wege. Rita machte sich auf zu ihrem exklusiven Wohlfühlparadies, um sich an Whirl Pool, Erlebnisdusche und den herrlichen Ruhemöglichkeiten zu erfreuen.

Rudolf machte sich auf die Suche nach Vera. Er hatte sich das heutige Tagesprogramm eingesteckt, das an ihrer Kabinentür gehangen hatte und auf dem auch die Bars mit ihren Öffnungszeiten aufgeführt waren.

Drei dieser segensreichen Einrichtungen sollten bereits seit neun Uhr geöffnet sein. Sie befanden sich den Decks neun, elf und zwölf. Er beschloss sich von unten hochzuarbeiten und begann mit der Mar Bar, der er jedoch schnell wieder den Rücken kehrte, da er weder Vera noch andere Gäste ausmachen konnte. Lediglich eine lächelnde Angestellte wischte gelangweilt den Tresen.

Er verzichtete auf den Fahrstuhl und benutzte die Treppe für die zwei Stockwerke zum Deck elf.

Bewegung sollte ja gesund sein, auf jeden Fall aber kurbelte sie den Durst an.

Als er, leicht außer Atem, die Beach Bar erreichte, steuerte er zielsicher den Tresen an, obgleich sich weder Vera noch eines ihrer Opfer im Raum befanden, dafür aber eine atemberaubende, asiatische Schönheit, zu der er sich setzte. Höflicherweise ließ er einen Hocker neben ihr frei. Als er ihr eben freundlich zunicken wollte, tauchte aus dem Hintergrund ein geschäftiger junger Mann auf:

„Guten Morgen die Herrschaften, mein Name ist Harry. Was kann ich für sie tun?"

„Wir gehören nicht zusammen", erwiderte die Schöne in akzentfreiem Deutsch.

„Zumindest bisher nicht", scherzte Rudolf, „ein Hocker steht noch zwischen uns." Sie muss auch gerade gekommen sein, dachte er.

„Für mich bitte einen Sunny Day, Harry. Der ist doch alkoholfrei?"

Das Weib geht auf meine witzige Bemerkung überhaupt nicht ein, ärgerte sich Rudolf und disponierte von O-Saft auf etwas Stärkeres um.

„Selbstverständlich Mylady. Pfirsich, Orange, Ananas. Frisch, fruchtig und voller Vitamine. Unser alkoholfreier Cocktail des Tages." Er wendete sich Rudolf zu. „Was darf's für sie sein, Sir?"

„Wodka Lemon, Harry, ohne Eis. Zuviel Wasser lagert sich in den Beinen ab."

„Selbstverständlich Sir. Sollten wir vorsorglich nicht auch auf Lemon verzichten?" Harry sagte das mit todernstem Gesicht, wozu er für einen kurzen Augenblick sogar das Grinsen eingestellt hatte.

Rudolf schüttelte den Kopf, wusste aber, dass er seinen Barkeeper für diese Reise gefunden hatte. „Sie vergessen die Vitamine Harry."

„Mein Fehler, Sir."

„Ich wollte eben nicht unhöflich sein", ließ sich plötzlich das grazile Geschöpf neben ihm vernehmen, das er inzwischen als Thai eingeordnet hatte.

„Das habe ich auch nicht so empfunden", antwortete er gegen seine Überzeugung, wobei er sich zu ihr wandte und so zu lächeln versuchte, wie er es eben bei Harry gesehen hatte. „Mein Name ist Hübner", informierte er sie dann mit einer angedeuteten Verbeugung, „Rudolf Hübner."

„Ich heiße Gloria von Falkenstein. Wissen sie", fuhr sie dann fort, ohne seine offensichtliche Überraschung zur Kenntnis zu nehmen, „heute ist mein Low-Calory-Day. Ich habe noch nichts zu mir genommen. Dieser Cocktail ist mein heutiges Frühstück." Sie lächelte verschämt. „Wissen sie, ich habe nämlich einen Hang zur Fettleibigkeit."

Glücklicherweise servierte Harry jetzt die Getränke, so dass Rudolf nicht sofort antworten musste. Natürlich erwartet sie Widerspruch, heftigen sogar, schoss es ihm durch den Kopf. Warum erzählt sie mir das überhaupt, mir altem Mann? Sie will sicher kein neues Leben mit mir beginnen, sie will von mir bewundert werden, um leichter an mein Geld zu kommen. Das kann eigentlich nur heißen, sie ist eine Professionelle, die mich für einen zahlungskräftigen, senilen Trottel hält. Aber warum nennt sie mir ihren Namen? Das ist sicher der, mit dem sie sich hier an Bord eingeloggt hat. Aber das ergab auch noch keinen Sinn. Wieso hatte sie nicht nur gesagt, ich heiße Gloria und bin überwältigt von ihrer männlichen Ausstrahlung oder so etwas ähnlichem.

Eigentlich toll, beendete er seine Überlegungen, bei diesen Traumreisen werden einem die Nutten schon zum Frühstück serviert. Aber war das nicht unterhaltsamer als in einem Bus voller schwitzender Touristen zu sitzen, die jeden Mist fotografierten, nur um später ihre Lieben zuhause entsetzlich damit langweilen zu können.

„Man sieht es ihnen an", antwortete er schließlich, „wie sie unter ihrem Übergewicht leiden. Es macht sie einsam, ungeliebt und deshalb sind sie auf der Suche nach einer einfühlsamen Seele."

Gloria schluckte diesen Treffer ohne erkennbare Wirkung, brauchte aber etwas Zeit bevor sie erwiderte: „Sie sind mir eben schon durch zwei witzige

Beiträge aufgefallen, Herr Hübner. Ist dies jetzt der dritte oder haben sie mich eingeschätzt und testen jetzt ob sie richtig liegen?"

„Bemerkenswert", Rudolfs Ärger war verflogen, „schön und geistreich, eine seltener Mischung hierzulande."

„Sie halten mich für schön?"

„Noch so eine Frage und ich streiche ‚geistreich'. Sie wissen, es ist so, weil nahezu alle Männer in unserem Kulturkreis das tun. Fragen sie lieber wofür ich sie halte.."

„Das muss ich nicht, die Antwort lese ich in ihren Augen."

„Wirklich beeindruckend wozu sie fähig sind. Was wollen sie also von mir?"

„Ich von ihnen? Sie haben mich doch angemacht."

„Angemacht? Ich wollte lediglich einige Worte mit einer jungen Dame wechseln."

„Und das ist nun völlig danebengegangen."

„Wieso? Ich bin immer noch damit beschäftigt, sogar sehr angenehm, wie ich finde."

„Wie sind sie darauf gekommen?"

„Sie waren vor mir da, ohne Drink, und ein Barmann wie Harry lässt sie nicht einfach so sitzen. Wie viel haben sie ihm gegeben?"

„Wofür?"

„Dass er sie erst bedient wenn sie ihm ein Zeichen geben."

„Zwanzig Euro."

„Die gebe ich ihnen wieder."

„Wieso, sind sie denn nicht moralisch entrüstet?"

Nun konnte Rudolf das Lachen nicht mehr zurückhalten. „Hören sie Frau von Falkenstein, Werte wie Moral, Gerechtigkeit, Ehre, Schuldbewusstsein und was es da sonst noch alles so gibt, dienen in unserer Gesellschaft vorwiegend dazu die eigene Position zu verbessern, indem man sie anderen abspricht. Für beruflichen oder privaten Aufstieg sind sie geradezu schädlich. Sie nehmen daher im Laufe einer Karriere auch immer mehr ab und sind völlig verschwunden, wenn die angestrebte Spitzenposition erreicht ist. Also keine Sorge um die Moral. Sie sind wahrscheinlich untadeliger als die meisten Menschen von denen sie verurteilt werden."

„Vielen Dank für die belehrenden Worte."

„Keine Ursache, es war mir ein Vergnügen. Leider muss ich jetzt weiter. Also noch eine erfolgreiche Reise." Rudolf erhob sich.

„Und wo bleiben meine zwanzig Euro"? fragte Gloria unschuldig.

***

Rudolf machte sich weiter auf die Suche nach Vera. Ein Deck höher ging er in die Ocean Bar, in der er sie jedoch nicht entdecken konnte. Er sah auf die Uhr. Inzwischen konnte er auch die Destillen, die um zehn Uhr öffneten in die Suche mit einbeziehen. In der Pool Bar, auf dem gleichen Deck, war er ebenso erfolglos wie in der Aldia Bar auf Deck 10. Erst als er im Café Mare, schon etwas außer Atem, eintraf, sah er sie allein an einem Vierertisch sitzen.

„Gestatten sie, gnädige Frau?"

„Es wäre mir ein Vergnügen, mein Herr." Sie nickte zustimmend. Keinem Beobachter wäre aufgefallen, dass sie sich bereits besser kannten, als manche Ehepaare nach der Silberhochzeit.

„Ich dachte bereits sie kämen nie mehr, Rudolf", beschwerte sie sich ohne ihn zu begrüßen.

„Gehen sie nicht so grob mit einem alten Mann um, Vera. Klären sie mich lieber über den aktuellen Stand ihrer Operation auf."

„Nach ihrer Skala steht die Vertrauensbildung kurz vor dem Abschluss. Ich habe sogar schon einige Begehrlichkeiten geweckt."

Er nickte anerkennend. „Gehen sie bloß nicht zu schnell vor, die Reise beginnt doch erst."

„Wollen sie mir mein Geschäft erklären Rudolf?"

„Niemals, und das wissen sie auch. Warum haben sie mich also bewusst falsch verstanden?"

Vera zog es vor die Frage zu überhören. „Wenn sie Lust haben, könnten sie mir mit ihrer Erfahrung behilflich sein. Ich möchte von meinen Klienten Psychogramme erstellen..." Sie hielt inne und sah ihn bittend an.

„Also gut, dann erzählen sie mal was das für Typen sind und warum sie die für geeignet halten."

Innerhalb von zehn Minuten, in denen sie nur einmal vom Ober unterbrochen wurde, der ihnen neue Getränke brachte, gelang es Vera ihm eine umfassende Beurteilung ihrer Opfer zu vermitteln, wobei er es erstaunlich fand, dass sie sogar informiert war über deren Mimik, Gestik und Sprechweise in bestimmten Situationen. Sie erzählte ihm alles über die beiden, nur nicht wie der Coup ablaufen sollte.

„Ich bin beeindruckt", sagte er schließlich, nachdem sie geendet hatte. „Es geht also nicht um Kleingeld, sondern ich darf Hans und Robert wohl als zukünftige Investoren betrachten, die nach einer sicheren und ertragsreichen Anlagemöglichkeit suchen." Als er ihren entsetzten Blick sah, fügte er noch hinzu. „Na für einige tausend Euro würden sie doch diesen ganzen Aufwand nicht betreiben, oder?"

Da sie nicht antwortete, redete er weiter. „Wissen sie, ich habe mich schon mehrmals gefragt, ob nicht ich das auszunehmende Opfer bin. So ein vermögender, ahnungsloser und seniler Greis bietet sich doch geradezu an. Das würde ihnen auch jeder Profiler sagen."

Endlich zeigte sie wieder ihr strahlendes Lächeln. „Profiler konzentrieren sich vorwiegend auf Täterprofile und die Masche mit der man sie reinlegen könnte, muss erst noch erfunden werden."

„Na schön, dann erfinden sie mal, sie wären konkurrenzlos in ihrer Branche. Aber wobei kann ich ihnen denn nun behilflich sein?"

„Ich würde gern von ihnen als Außenstehendem wissen ob meine Psychogramme von Hans und Robert unvollständig oder fehlerhaft sind."

„Einmal bin ich längst kein Außenstehender mehr, sondern ein mitwissender Unterstützer einer kriminellen Handlung. So würde es jedenfalls die Polizei sehen, wenn sie davon erführe. Zu ihrer Frage, die Profile sind fantastisch. Dieser Dr. Robert Steinhöfel stellt kein Problem dar. Ärzte investieren sogar noch in Schiffsbeteiligungen, wenn der Dampfer schon an der Kette liegt. Gefährlicher scheint dieser Bulle zu sein. Wissen sie ob er korrupt war oder immer noch ist?"

„Wahrscheinlich nicht mehr als andere auch. Er schwärmt nur ständig von seinen früheren Heldentaten und von seinem geschulten Blick des erfahrenen Kriminalisten. Wahrscheinlich kann er Frauen von Männern unterscheiden", spottete sie.

„Vorsichtig, auf dem Hamburger Kiez ist das häufig gar nicht so einfach. Aber sonst ein eitler Fatzke scheint mir." Rudolf sah ihr fest in die Augen. „Wissen sie, selbst auf die Gefahr hin wieder von ihnen zurechtgewiesen zu werden, würde ich ihnen empfehlen erst ihren Robert mit dem zu beglücken, was sie auch immer für ihn vorgesehen haben und dann ihren stolzen Hans. Den überzeugen sie am besten, wenn sie ihm vorgaukeln, Robert hätte sie bedrängt nur mit ihm zusammenzuarbeiten."

„Danke", sagte Vera. „Leider habe ich jetzt gleich einen Termin."

„Dann hätte ich auch noch eine Bitte. Kennen sie eine Gloria von Falkenstein?"

„Ach, diese Thai-Nutte. Mit der bin ich einmal auf der Kanal-Route zusammengetroffen, allerdings mit einer anderen Reederei. Oberes Preissegment. Damals nahm sie fünfhundert für die angefangene Stunde. Sie arbeitet gern mit der Gewichtsmasche. Da protestieren ihr die Freier immer sofort die Ohren voll. Hauptsache ist aber, dass sie sich mit ihrem Körper beschäftigen. Sind sie interessiert?"

„Nein Vera, ich opfere mein reales Leben nicht mehr imaginären Altersphantasien."

„Jetzt muss ich aber wirklich los." Vera erhob sich.

„Sieht man sich wieder?"

„Wozu?"

„Ich will wissen wie es voran geht."

Sie zuckte mit den Achseln. „Die beiden haben mich ziemlich mit Beschlag belegt."

„Gut, ich werde sie finden, so wie heute."

***

Rudolf saß völlig erschöpft in der Any Time Bar. Seine feuchten Hände umklammerten ein eisge-kühltes Wodka Lemon Glas. Diese Art zu leben hielt er nicht mehr lange durch, das war ihm klar. Er stand kurz vor einem Burnout, obgleich er gar nicht so richtig wusste, was das eigentlich war. Zu seiner aktiven Zeit gab es so etwas noch nicht, aber heute las man sehr häufig in der Presse darüber. Warum in drei Teufels Namen hatte er dieser Reise bloß zugestimmt? Im Gegensatz zu ihm, blühte Rita richtig auf. Sie hatte sich sofort nach der

Rückkehr von ihrem heutigen Tagesausflug in ihre Wellness Oase verabschiedet. Offensichtlich hatte sie dort bereits interessante Kontakte geknüpft. Um 20 Uhr wollten sie sich zum Abendessen im Buffalo Steak House treffen.

Rudolf überlegte verzweifelt was wirklich für seinen desolaten Gemütszustand verantwortlich war. Sicherlich hatte die gestrige Tour de Gourmet entscheidend dazu beigetragen. Nach jedem Gang mussten die Lokale gewechselt werden, die sich nicht nur auf unterschiedlichen Decks, sondern auch an verschiedenen Positionen zwischen Bug und Heck dieses gefühlt, kilometerlangen Schiffes befanden. Das entsprach nicht seiner Vorstellung von einem gepflegten Diner. Tour de France wäre eine treffendere Bezeichnung gewesen. Da es Rita jedoch außerordentlich zu gefallen schien, hatte er ebenfalls Begeisterung geheuchelt. Er schämte sich jetzt noch dafür.

Nach einer unruhigen Nacht ging es dann heute Morgen gleich weiter. Sie saßen noch beim Frühstück als die White Condor an ihrem Liegeplatz im Talliner Old City Harbour festmachte. Sie würde bis 18 Uhr hier liegen und sich dann auf den Weg nach St. Petersburg machen.

Für ihren dreistündigen Ausflug mussten sie sich vorerst in die Aldia Bar auf Deck 10 begeben. Nach der Erledigung einiger Formalitäten wurden ihnen hier von einer Reiseleiterin noch einmal die Details ihrer Reise erklärt, die allen bereits bekannt waren, da jeder sie im Prospekt gelesen hatte. Danach folgten alle der eloquenten Dame von Bord in den richtigen Bus.

Dieser fuhr dann entlang der mittelalterlichen Stadtmauer durchs neue Stadtzentrum, vorbei an der Parkanlage Katharinental zur Sängerwiese. Hier fand ein Fotostopp statt. Obgleich sie keine Fotos mehr machten, hieß das „raus aus dem Bus, rein in den Bus." Danach ging's weiter Richtung Küste zur Halbinsel Vimsi. Nach dem Besuch eines Freilichtmuseums, erfolgte die Rückfahrt entlang der Talliner Bucht inklusive Foto-Stopp. Rudolf war sofort klar, dass diese vielen Stopps vor allem dazu dienten, sicherzustellen, dass die versprochenen drei Reisestunden erreicht wurden.

Diese drei Stunden gehörten zu den längsten ihrer Art in Rudolfs Leben. Der estnische Reiseführer sprach so schlecht Deutsch, dass man bestenfalls erahnen konnte, was der Mann zu sagen beabsichtigte. Zudem hatte man in diesem Land nicht nur den Euro übernommen, sondern auch den mitteleuropäischen Stop and Go Verkehr.

Seine Überlegungen wurden von Harry unterbrochen, der einen neuen Wodka Lemon servierte.

Dies tat er sonst nur selten, aber seit gestern Nacht gehörte Rudolf zu einem Kreis ausgewählter Gäste, die ihre Drinks zum halben Preis konsumierten.

„Sie wirken so gar nicht in Urlaubsstimmung Sir", bemerkte Harry beiläufig, als er das geleerte Glas abräumte. „Genießen sie denn nicht das einzigartig entspannte Aldia Lebensgefühl und die grenzenlose Erlebnisvielfalt?"

„Ich wusste nicht, dass auch sie die Werbesprüche ihres Arbeitgebers kennen müssen", lachte Rudolf. „Aber heute genießt meine Frau für mich mit. Ich erfreue mich am Luxus der freien Stimmungswahl."

„Morgen früh laufen wir in St. Petersburg ein. Werden sie die Eremitage im Winterpalais besuchen?"

„Für kein Geld. Ich habe gehört von den dort herrschenden Verhältnissen, den Massenabfertigungen und den Führungen bei denen Besucher rudelweise durch die Gänge getrieben werden."

„Das wäre auch nicht mein Ding", bestätigte Harry, „ich glaube die Mehrzahl geht nur deswegen dort hin um zuhause davon berichten zu können."

„Das ist sozialer Zwang Harry, tun sie es nicht, beschimpft man sie hinter vorgehaltener Hand als Kulturbanausen. Da fällt mir ein, ist ihnen ein weiblicher Gast mit dem Vornamen Vera bekannt?"

„Mir ist es nicht gestattet weibliche Gäste mit dem Vornamen anzusprechen, Sir. Verzeihen sie, die Pflicht ruft". Damit verschwand er eilig hinter seinem Tresen.

***

Rudolf verbrachte die nächsten Tage in besinnlicher Gelassenheit. Weder in St. Petersburg noch in Helsinki verließ er die White Condor. Er konnte keinen Sinn mehr darin erkennen sich in volle Busse quetschen zu lassen, nur um sich dann Dinge ansehen zu müssen, zu denen er keinerlei Bezug verspürte.

Sie hatten sich dahingehend geeinigt, dass Rita an den Ausflügen teilnahm, die sie interessierten und ihm später davon berichtete. Zusätzlich brachte sie Souvenirs mit, die sie unterwegs oder in den Geschäften, die sich auf den Kais installiert hatten, kaufte.

Er selbst nutzte die Zeit mit einer halbherzigen Suche nach Vera, konnte aber weder sie noch ihre Opfer Robert und Hans aufspüren.

Stockholm war der letzte Hafen ihrer Kreuzfahrt. Für diesen hatte Rita allerdings durchgesetzt, dass er an einem kleinen Ausflug teilnahm, der sich „Stockholm auf einen Blick" nannte, 90 Euro kostete und nur zweieinhalb Stunden andauerte. Er hatte schließlich eingewilligt, weil dies die letzte Prüfung auf dieser Reise für ihn sein würde.

Alles begann wie gehabt im Bus. Die Panoramafahrt, wie der Mann vorn rechts neben dem Fahrer, das nur stockende Vorankommen im Stockholmer Perma-Stau nannte, führte vorbei am Opernhaus, dem Stadshuset, sowie dem königlichen Palast. Danach folgten noch die obligatorischen Fotostopps mit schöner Aussicht auf die Stadt.

Während ihrer Rückfahrt zum Schiff sah Rudolf plötzlich durch das Busfenster Vera mit großer Reisetasche in ein Taxi steigen. Tolle Frau, dachte er spontan. Wahrscheinlich fährt sie zum Flugplatz und ist schon wieder zuhause, bevor wir hier heute Abend ablegen und danach noch eineinhalb Tage für die knapp eintausend Kilometer bis Warnemünde benötigen. Das konnte nur bedeuten, sie hatte ihren Job erfolgreich erledigt und wollte diesem exklusiven Wohlfühlparadies nunmehr den Rücken kehren. Er hatte sich nicht geirrt, denn nicht nur ihr Intellekt, auch ihre Körperformen waren einzigartig.

Zurück an Bord zog es Rita gleich wieder in ihre Wellness Oase. Er legte sich aufs Kabinenbett zur Erholung von den erlittenen Strapazen. Um 18 Uhr 25 würde das Schiff ablegen, entnahm er dem Tagesprogramm. Da Vera nicht zurückkehren würde konnte man das eigentlich nicht so ohne weiteres. Man würde sie ausrufen, es sei denn, sie hatte sich offiziell in der Rezeption abgemeldet oder überhaupt nur bis Stockholm gebucht. Heute Abend würde er es wissen.

Er musste wohl eingeschlafen sein, denn Rita schüttelte seinen. „Wach auf Rudi, wir gehen gleich zum Essen."

„Was, schon so spät?"

„Wir haben längst abgelegt."

„Gab es noch Verzögerungen?"

„Nein, wieso?"

„Ach, ich dachte nur."

„Weißt du Schatz, da ist noch etwas anderes, das ich dir erzählen muss. Wir hatten uns zwar darauf geeinigt, dass du unser Geld verwaltest, aber ich habe da in den letzten Tagen eine ehemalige Anlageberaterin der Deutschen Bank kennengelernt, die uns aus ihrem beruflichen Leben erzählt hat. Wirklich spannend. Man kann es sich kaum vorstellen, wie leicht dort das Geld verdient wird. Sie ist noch keine Dreißig und kann sich schon zur Ruhe setzen. Wir waren alle begeistert."

„Wieso ihr?"

„Ja wir machen beim Wellness doch immer alles zusammen, Elfriede, Inge und ich. Habe ich dir das nicht erzählt?"

Rudolf fühlte wie ein banges Gefühl in ihm hochkroch. „Und weiter?"

„Weißt du, sie wollte uns wirklich nichts verkaufen, wir mussten sie geradezu bedrängen." Sie sah ihren Mann unsicher an.

„Sag einfach was du gekauft hast", brachte der mit trockener Stimme hervor, wobei er sich nach einem Gin Tonic sehnte.

„Schatz, stell dir vor, wir sind jetzt Anteilseigner eines geschlossenen Immobilienfonds in Berlin-Tegel. Ist das nicht toll? Die Zeichnungsfrist war schon fast abgelaufen, nur durch ihre Beziehungen sind wir noch mit reingerutscht." Rita lehnte sich zurück und erwartete offensichtlich eine Belobigung.

„Wie viel?", krächzte Rudolf.

„Inge und Elfriede haben jeweils dreißigtausend investiert, ich nur zwanzig, da du ja immer meckerst wenn ich zu viel Geld ausgebe."

„Du bist die Klügste von euch Dreien."

„Was soll das heißen?"

„Wie lief die Zahlung technisch ab?" Rudolf ignorierte ihre Frage.

„Sie hatte einen Laptop mitgebracht, wir haben ihr unsere EC-Karten gegeben, sie hat sich bei den Banken eingeloggt, wobei wir unsere PIN-Nummern aus Gründen der Vertraulichkeit selbst eingetippt haben. Danach hat sie TAN's kreiert, worauf die Beträge von unseren Konten abgebucht und auf ein Treuhandkonto überwiesen wurden. Alles ist notariell abgesichert, sie hat es uns genau erklärt. In den nächsten Tagen erhalten wir von der Fondgesellschaft die genaue Abrechnung."

„Wie hieß denn diese Beraterin?"

„Warte mal", Rita kramte in ihrer Handtasche. „Hier ist ihre Karte."

„Dr. Vera von Steinhausen", las er vor, „Vermögensverwaltungen." Er nickte beeindruckt. „Bütten, handgeschöpft, vornehm. War das vielleicht so eine Dicke?"

„Rudolf sie war vollschlank, aber trotzdem sehr ansprechend. Selbst in der Sauna."

„Wir müssen unser gemeinsames Konto sperren lassen. Da gibt's so eine Nummer der Sperrannahme."

„Willst du sagen, sie hat uns betrogen Rudolf?"

„Da kannst du ganz sicher sein. Nichts von dem was sie euch vorgegaukelt hat, ist real. Kein Immobilienfond, kein Treuhandkonto, kein Notar und nun auch kein Geld mehr."

„Aber wie kann das denn sein?" Rita musste sich setzen. „Sie war derartig überzeugend." Ihr begannen die Tränen übers Gesicht zu laufen. „Ich habe mich auch schon gewundert, dass sie heute nicht dabei war. Sonst kam sie immer", schluchzte sie.

Rudolf hätte sich ohrfeigen können. Er erinnerte sich an das Gespräch bei dem er Vera halb scherzhaft von seinen Ahnungen erzählt hatte, selbst ihr Opfer zu sein. Worauf sie erwiderte, die Tricks um ihn reinzulegen müssten erst noch erfunden werden. Danach hatte er sie aufgefordert so etwas doch zu entwickeln. Das war ihr nun wirklich sehr schnell gelungen.

„Wir können nichts tun, Rita, solange wir auf diesem Kahn festsitzen. Und danach wahrscheinlich auch nichts. Habt ihr Selfies von euch gemacht?"

„Von den anderen ja. Sie hat sich allerdings gesträubt, da sie nicht fotogen sei."

„Es gibt aber ein Foto im Schiffscomputer. Jeder Gast musste sich beim ersten Einchecken fotografieren lassen."

„Genau. Ich kann das auch nicht einfach so hinnehmen." In Rita organisierte sich der Widerstand. „Es muss hier doch Polizei an Bord geben."

„Geht zur Rezeption. Sie werden in erster Linie zwar nur versuchen euch zu beruhigen, denn solche Neuigkeiten passen nicht zum himmlischen Wohlfühlkonzept. Aber vielleicht bekommst ihr sie dazu beim Flughafen anzurufen."

„Bist du auch wirklich sicher, dass wir betrogen worden sind?"

„Absolut sicher, meine Liebe. Eure Vera ist die Frau, die ich am ersten Abend in der Time Out Bar getroffen habe und die ich dir später vorstellen wollte. Sie war aber leider schon verschwunden."

„Aber vielleicht ist sie ja noch an Bord."

„Nein. Ich habe gesehen, wie sie in Stockholm in ein Taxi gestiegen ist. Wahrscheinlich ist sie unter anderem Namen zurück geflogen und feiert jetzt ihren gelungenen Coup."

„Ich muss sofort Inge und Elfriede informieren. Ach wie ist das alles fürchterlich." Rita eilte aus der Kabine.

Rudolf machte sich ebenfalls auf den Weg um zu sehen wie es Robert und Hans so ging.

***

Er spürte sie tatsächlich in der Time Out Bar auf, wo sie sich von Harry bedienen ließen. Da er nicht in der Stimmung für Small Talk war, setzte er sich gleich auf den Hocker neben diesen Ex-Bullen Schröder und orderte einen Gin Tonic. Dann wandte er sich an seine Tresennachbarn.

„Sorry, dass ich einfach so mit der Tür ins Haus falle. Mein Name ist Rudolf Hübner. Ich wüsste gern ob ihnen eine gewisse Vera bekannt ist. Wissen sie", ergänzte er dann noch und machte die entsprechenden Bewegungen mit den Händen, „sie ist eine üppige, etwas vollschlanke junge Dame."

Die beiden sahen sich kopfnickend an. „Dann sind sie also der Schwiegervater", sagte Dr. Robert Steinhöfel schließlich missbilligend. „Wissen sie Herr Hübner, so etwas macht man nicht. Geschieden ist geschieden."

„Das sehe ich genauso", bestätigte Schröder, „außerdem erfüllt es Tatbestände wie Nötigung und Stalking."

Rudolf fühlte sich plötzlich wie von der Demenz überwältigt. „Darf ich erfahren wovon sie reden, meine Herren? Mein einziger Sohn ist selbst bereits über fünfzig und glücklich verheiratet, soweit ich weiß. Ich kann also nicht der Schwiegervater ihrer entzückenden Vera sein."

„Das ist ja hochinteressant", sagte Schröder, der sich in seine Zeit als Hauptkommissar zurückversetzt fühlte, zu Steinhöfel „einer der beiden sagt nicht die Wahrheit."

„Deine Überlegungen sind wie immer schlüssig", bestätigte dieser und wendete sich an Rudolf. „Wissen sie Herr Hübner, Vera hat uns erzählt, sie wäre kürzlich von ihrem Sohn geschieden worden. Nun können sie aber diese Trennung nicht akzeptieren und liegen ihr ständig in den Ohren, zu ihrem Ex zurückzukehren."

„Das ist doch absurd. Dieses Luder hat mich, das heißt meine Frau, um zwanzig Tausend betrogen. Wie viel hat sie ihnen denn abgenommen?"

Beide brachen spontan in brüllendes Gelächter aus, wobei sich Schröder auch noch begeistert auf die Schenkel klopfte.

„Sie hat uns nicht beklaut, sondern Runden für uns geschmissen. Im Gegensatz zu gewissen…" Der Doktor nutzte die Gunst der Stunde.

Rudolf gab Harry ein Zeichen die Gläser neu zu füllen. Als er später die Bar verließ begriff er, dass er entweder von Beginn an als das eigentliche Opfer vorgesehen war oder Vera von Steinhöfel und Schröder auf ihn umdisponiert hatte. Ritas Freundinnen liefen nur am Rande mit weil sie zur Stelle waren und unbedingt ihr Geld loswerden wollten. Er hatte fast den Eindruck, als ginge es um eine intellektuelle Auseinandersetzung zwischen Vera und ihm, bei der erst in zweiter Linie Vermögenswerte übertragen werden sollten.

Als Rita später wieder in ihrer Kabine eintraf, berichtete sie von ihren Freundinnen und den Gesprächen, die sie mit einem Schiffsoffizier geführt hatten, der für Sicherheitsfragen und ähnlichem zuständig war. Bei dem hatten sie auch Anzeige erstattet. Fest stand jedoch, eine Dr. Vera von Steinhausen hatte es an Bord nicht gegeben. Lediglich eine ältere Dame hatte in Stockholm das Schiff verlassen um ihre Enkel zu besuchen.

Das ist sie, hatte Rudolf sofort gedacht. Sie hat als Oma ein- und wieder ausgecheckt, die junge Vera existierte nur an Bord. Aber warum hatte sie sich dann in Stockholm wieder zurück verwandelt?

Heute Abend ist nur eine Maschine nach Hamburg gestartet. In der haben aber weder diese Dr. Vera von Steinhausen noch die ältere Dame gesessen, deren Namen ich wieder vergessen habe. Die Schiffsleitung wird sich weiter bemühen diesen Vorfall aufzuklären. Die schwedische Polizei und Interpol sind ebenfalls informiert.

„Auf unsere Beschwerden hin", beendete Rita ihren Bericht, „hat uns dann der Schiffsoffizier noch erklärt, dass ein Kreuzfahrtschiff wie die White Condor ein Mikrokosmos der Gesellschaft ist, mit den gleichen kriminellen Problemen, nur noch verstärkt durch die urlaubsbedingte Sorglosigkeit."

„Mit anderen Worten, ihr seid selbst schuld."

Rita nickte verschämt. „Nie wieder mache ich eine Kreuzfahrt", brach es dann aus ihr heraus,

„hier ist man ja von Verbrechern umgeben. Ich danke dir aber, dass du es so gelassen nimmst."

Rudolf zeigte es nicht, fand aber, dass die 20 Riesen für ein derartiges Ergebnis gar nicht so schlecht angelegt waren.

Für Rita war die Reise beendet. Sie verließ nur noch zu den Mahlzeiten die Kabine und war auch von Rudolf nicht mehr aufzuheitern. Sie waren beide froh als das Schiff endlich Warnemünde erreichte und sie von Bord konnten. Erst im Wagen, auf der Autobahn nach Hamburg begann Rita sich wieder besser zu fühlen.

„Ich bin ja so froh endlich wieder nach Hause zu kommen, du kannst es dir nicht vorstellen."

„Oh doch. Mir geht's nämlich genau so, aber das wusstest du ja bereits vor Antritt der Reise."

Sie befanden sich bereits hinter Lübeck auf der A1, als Rita erklärte, dass sie ihre EC-Karte nicht finden könne. Sie hatte bereits den Inhalt ihrer Handtasche neben sich auf dem Rücksitz ausgebreitet, wo sie auf längeren Reisen immer saß seitdem sie irgendwo gelesen hatte, dass der Beifahrersitz der gefährlichste Platz im Auto sei.

Rudolf sah keinen Grund zu erhöhter Besorgnis, da ihr gemeinsames Konto inzwischen gesperrt war. Er dachte vielmehr darüber nach wie es möglich sein konnte, dass einige hundert Euro aus ihrem Kabinensafe verschwunden waren. Hatte er vergessen ihn zu schließen? Er glaubte nicht. In Anbetracht des größeren Schadens beschloss er diese Bagatelle zu vergessen und Rita nicht damit zu behelligen.

Als er schließlich den Wagen in der Auffahrt ihrer Doppelhaushälfte zum Stehen brachte, atmete er dennoch erleichtert auf. Alles war heil und unversehrt, niemand hatte sich an der Tür zu schaffen gemacht. Er schaffte das Gepäck aus dem Auto und bediente sich dann an der Hausbar im Wohnzimmer. Wenn er fahren musste, trank er grundsätzlich nichts, da ihm klar war, in seinem Alter würde er den Führerschein nicht mehr zurück bekommen.

Rita leerte die Koffer und füllte mit deren Inhalt die Waschmaschine im Keller. Er hatte zwar nicht das Gefühl auch nur ein Kleidungsstück sei schmutzig geworden, mischte sich aber nicht ein, da er aus Erfahrung wusste, dies würde nur zu fruchtlosen Diskussionen führen. So ging er in sein Arbeitszimmer um sich Ritas Transaktion einmal auf dem Rechner anzusehen. Als er den Deckel aufklappte, flatterte ihm ein kleiner Zettel entgegen auf dem in maschinengedrucktten Versalien stand: DIE AHNUNG IST DAS LICHT DES VERSTANDES.

Die Flut unterschiedlichster Erregungsübertragungen überforderte seine Synapsen. Wie war sie hier hereingekommen? Es gab keinerlei Einbruchsspuren. Hatte sie ihn ruiniert? Aber das Konto war gesperrt. Dann fiel sein Blick auf die Liste, die er am Bücherregal neben seinem Laptop befestigt hatte. Auf ihr standen sämtliche Passwörter, Pins, Codes, Benutzerkennungen, Member-ID's und was es sonst noch alles gab für die Sicherheit im Netz. Diese sollten dann auch noch möglichst oft gewechselt werden. Es war ihm unmöglich diesen ganzen Blödsinn im Kopf zu behalten.

Du musst sofort die Schlösser austauschen, sagte ihm eine Stimme, prüf lieber ob du dir das überhaupt noch leisten kannst, eine andere.

Mit zittrigen Händen loggte er sich bei seiner Bank ein. Von ihrem gesperrten Giro-Konto waren 20 Tausend abgebucht. Dieses Geld würden sie nie wieder sehen. Beide Wertpapier-Depots waren unangetastet. Der befürchtete Schaden hatte sein Cash-Konto dezimiert. 50 Tausend hatte sie auf ein Auslandskonto transferiert, das wahrscheinlich jetzt schon nicht mehr existierte. Aber warum diese Summe? Sie hätte viel mehr nehmen können. Trotzdem verspürte er den dringenden Wunsch sie übers Knie zu legen und ihr den dicken katholischen Hintern zu versohlen.

Jetzt, da er den Gesamtschaden überblicken konnte, wurde er wieder ruhiger. Auf keinen Fall durfte Rita von diesem Eindringen in ihr Haus und dem zusätzlichen Kapitalverlust erfahren. Das hätte sie nicht verkraftet. Sicherlich wäre sie auch ins Hotel gezogen bis sämtliche Schlösser ausgetauscht worden waren.

Rudolf sah sich jedenfalls wieder einmal in seiner Überzeugung bestätigt, dass die Nachteile einer Massen-Kreuzfahrt ihre wenigen Annehmlichkeiten bei weitem überwogen.

Grand mal

Hans Schuster war Vierzig und Produkt-Manager in einem internationalen Konzern der Lebensmittelindustrie. Auf Grund seines fortgeschrittenen Alters gab es keine weiteren Karrierechancen für ihn. Die Firmenpolitik katapultierte nur junge, dynamische und ehrgeizige Mitarbeiter in die höheren Ränge des Senior-Managements.

Schuster war nicht ehrgeizig. Er machte seinen Job, sogar gut, aber nicht auffallend gut. So war er in der Vergangenheit stets übersehen worden wenn es darum ging attraktive Positionen zu besetzen. Bei Beförderungsritualen ging es zu wie in einem Vogelnest. Wer den Schnabel nicht weit aufriss, bekam auch keinen Wurm.

Und jetzt war er zu alt. Vor einigen Wochen hatte ihm sein Chef vertraulich mitgeteilt, dass die Firma nichts einzuwenden hätte, wenn er seine berufliche Zukunft in einem anderen Unternehmen realisieren würde. Er wusste was das bedeutete. Man würde ihn nicht entlassen. Das widersprach der in der Firmen-Philosophie verankerten sozialen Verantwortung für alle Beschäftigten.

Wenn er jedoch nicht reagierte würde man ihm alles wegnehmen. Zuerst seinen Assistenten, dann die wichtigsten seiner Aufgaben. Diese übergab man an Mitarbeiter, die in direkter Nähe zu ihm im Großraumbüro saßen. Was darauf folgte hatte er bereits einmal miterlebt. Er war nicht der erste, der in einer Karriere-Start-Position 40 wurde.

Mit wohlwollender Duldung der Geschäftsleitung avancierte e dann zum Mobbingopfer. Nach der Maxime: Wen der Chef nicht mag, den kann ich auch nicht leiden, waren die lieben Kollegen immer auf der sicheren Seite. Irgendwann würde kollektives Aufstöhnen sein Betreten des Raumes begleiten. Er hörte schon Sprüche wie: Da kommt Hans im Glück, er kassiert das Geld für die Arbeit die ich mache. Ist das etwa gerecht?

Schließlich kam dann die fällige Änderungskündigung, mit der sein Gehalt an die veränderte Realität angepasst, also erheblich reduziert wurde. Es gab keinen Ausweg. Er zog sich immer mehr in sich selbst zurück.

Als der Personal-Chef ihn dann auch noch davon in Kenntnis setzte, dass sein destruktives Verhalten die Karrieren junger, vielversprechender Mitarbeiter verhinderte, meldete er sich krank. Der Arzt attestierte ihm eine schwere Depression, hervorgerufen durch psychosoziale Belastungen.

Worunter er jedoch wirklich litt, war sein streng gehütetes, persönliches Geheimnis, das er oft sogar vor sich selbst zu verbergen suchte. Seit über einem

Jahr schleppte er es ratlos mit sich herum, ohne bisher auch nur den geringsten Ansatz für die Lösung seines Problems gefunden zu haben. Das ganze Elend begann am Morgen des ersten Tages eines einwöchigen Urlaubs in St. Peter-Ording an der Nordsee. Er hatte geplant lange Strandspaziergänge zu machen und mindestens genau so viel Zeit in der „Arche Noah" – einem Gourmet-Tempel auf hölzernen Stelzen – zu verbringen. Zumindest war das sein Plan, der jedoch ein jähes Ende fand, als er während des Frühstücks im Hotel plötzlich die Besinnung verlor und in einem Krankenhausbett wieder aufwachte.

„Erstmaliger Grand-mal-Anfall bei niedriggradigem glima- tösen Tumor links temporal bis frontobasal", lautete die ärztliche Diagnose.

Idiotischerweise war ihm hierzu nur der dumme Spruch aus seiner Jugendzeit „Grand Malheur de Kack" eingefallen. Zudem erinnerte er sich noch heute daran, dass ihn nicht diese vernichtende Begutachtung schockiert hatte, sondern die Möglichkeit man könnte in der Firma oder zu Hause davon erfahren.

Denn Schuster war Single und lebte bei seiner Mutter. Eine Lebensgefährtin gab es nicht. Seine Bemühungen über Online-Dating und Single Börsen eine Partnerin zu finden, waren gescheitert. Er wollte eine langfristige Bindung im trauten Heim. Die drei Kandidatinnen, denen er persönlich gegenübergesessen hatte, bevorzugten Outdoor-Fun, Partys und kulturelle Events. Alles Dinge die er zutiefst verabscheute. Danach hatte er frustriert aufgegeben und sich auf seine Arbeit konzentriert. Da man ihm diese nun auch noch genommen hatte, erschien ihm das Leben sinnlos. Er verlor das Interesse an allem was ihm früher wichtig war, litt unter Schlafstörungen, Antriebslosigkeit und Gewichtsverlust.

Außerdem trieb ihn die permanente Angst um, ein weiterer dieser epileptischen Anfälle könnte ihn in der Firma umhauen. Das wäre nicht nur das Ende seiner beruflichen Existenz gewesen, sondern hätte auch sein spärliches Privatleben völlig zum Erliegen gebracht.

Inzwischen trank er an einem Tag mehr, als sonst in einer Woche. In ihm verstärkte sich das Gefühl allein die Schuld zu haben und völlig wertlos zu sein. Er begann sich immer häufiger mit dem Tod zu beschäftigen und wandelte Selbstmordphantasien in konkrete Pläne um. Früher hatte er diese Alternative immer als weitentfernten letzten Ausweg, als Ultima Ratio betrachtet. Dieser Fall war jetzt eingetreten. Es gab keine andere Lösung.

Man hatte ihm Pillen verschrieben, die helfen sollten weitere Anfälle zu verhindern. Der schnell wachsende Tumor selbst war inoperabel. Außerdem war er darüber informiert worden, dass einige bestimmte Symptome zukünftig verstärkt bei ihm auftreten könnten. Diese reichten von Bewusstseinsstörungen, Taubheitsgefühlen, Schwindel, Sprachblockaden, bis hin zu Depressionen, Gedächtnisverlusten, sowie weiteren epileptischen Anfällen.

Er kannte viele Möglichkeiten sich schmerzlos ins Jenseits zu befördern. Alle hatten jedoch den Nachteil, man konnte später feststellen, dass er selbst für seinen Tod verantwortlich gewesen war. Das musste er unbedingt verhindern. Bereits vor Jahren hatte er zugunsten seiner Mutter eine hohe Lebensversicherung abgeschlossen, die in so einem Fall nicht zur Auszahlung kommen würde. Lange hatte er überlegt, bis er einen Artikel las über Kriminalität, Unfälle und mysteriöse Vorfälle auf Kreuzfahrtschiffen. Immer mehr Menschen verschwanden unter ungeklärten Umständen auf diesen riesigen Massentransportern. Es gab keine Polizei an Bord, die Reedereien zeigten wenig Interesse und so tendierten die Aufklärungsraten gegen Null. Einige mit Kriminalistik befasste Politiker des Bundestages äußerten sogar die Meinung, ein Kreuzfahrtschiff sei der perfekte Ort für einen perfekten Mord. So wollte er auch abtreten von dieser Welt.

Die Aussicht auf ein baldiges Ende seiner Leiden verlieh ihm neue Kraft. Seine Lethargie war wie weggeblasen. Er begann sofort mit akribischen Vorbereitungen. Seiner Mutter spielte er rosige berufliche Aussichten vor. Alles würde gut werden. Er hätte einen neuen Job, viel besser als der bisherige. Er müsste nur seine innere Ruhe und sein positives Denken wieder finden. Deswegen würde er eine Kreuzfahrt machen, nur eine kurze, auf der Ostsee. Eine Woche, dann wäre er zurück und in der Lage sich mit frischen Kräften ins neue Arbeitsleben zu stürzen. Vielleicht hätte er ja auch das Glück an Bord eine Frau zu finden.

Seine Mutter schwebte im siebten Himmel, so hatte sie ihren Sohn seit Jahren nicht mehr erlebt. Daher wurde sie auch nicht argwöhnisch als er ihr den Versicherungsordner, sowie den monatlichen Zahlungsverkehr erklärte, nämlich wie viel, wann an wen überwiesen werden musste.

Die Kreuzfahrt buchte er übers Internet. Mit der White Condor von Warnemünde nach Warnemünde. Dazwischen lagen noch einige Stopps, die ihn jedoch nicht weiter interessierten. Er wählte die preiswerteste Möglichkeit, Innenkabine ohne Fenster, am Heck mit Motorengeräuschen garantiert. Da diese Unterkunftsvariante nicht sehr begehrt war, gab es kurzfristig noch eine für ihn. In acht Tagen ging die Reise los. Er buchte keines der aufdringlich offerierten Extras.

Seinem Arzt teilte er mit, durch dessen Maßnahmen auf dem Weg der Besserung zu sein und neue Energien in sich zu verspüren. Eine Woche Kreuzfahrt, gewissermaßen als REHA und er wäre wieder der Alte, der seinem neuen Arbeitgeber beweisen konnte, was in ihm steckte.

Als es soweit war, verabschiedete er sich von seiner Mutter, die ihn tränenreich umarmte, als würde er zu einer Weltraumexpedition aufbrechen, nahm die Bahn bis Rostock und ließ sich von einem Taxi zum Schiff bringen, auf dem er sich in seiner Kabine verkroch. Das Deck betrat er erst, nachdem er sich einen Verhaltens-Kodex zurechtgelegt hatte.

Für eine mögliche, spätere polizeiliche Befragung musste es Menschen geben, die ihn kannten und als lebenslustigen, fröhlichen Typen, voller Träume und Pläne in Erinnerung hatten. Er würde sich also unters Volk mischen und bestimmten Personen immer wieder begegnen.

Keine Ausflüge, das ging zu weit. Aber bei diesen sogenannten Exklusiv-Shows, mit gratis Champagner, Sängern und Tänzern, würde er sich zeigen. Wenn er sich dort auffällig verhielt, müsste er einigen anderen Gästen im Gedächtnis haften bleiben. Auch im Spa, während einer Saunanacht knüpfte man schnell Kontakte. Dies galt gleichermaßen für die Cocktail-Workshops, bei denen eine gelöste Atmosphäre bereits vorprogrammiert schien.

Schuster erhob sich von seiner Pritsche, machte sich frisch und übte vor dem Spiegel noch einmal eine launige und lebensbejahende Mimik. Auf diese Weise bestens vorbereitet, startete er seinen langen Marsch durch das Schiff. Zu allererst wollte er seinen „Point of no return" bestimmen. Irgendwo ganz oben würde er einen Platz finden, an dem er leicht und unbemerkt über die Reling klettern konnte.

Den Zeitpunkt hatte er ebenfalls schon festgelegt. Es musste irgendwann in der letzten Nacht des zweiten Seetages sein, nachdem sie in Stockholm abgelegt hatten und sich auf dem Weg nach Warnemünde befanden. Möglichst weit weg von allen Ufern, dort wo die See am tiefsten war. Er wollte auf jeden Fall vermeiden gefunden zu werden. Diese seelenlosen Bürokraten würden seinen toten Körper dann auch noch seiner Mutter zur Identifizierung vorlegen.

***

Deck 15 fiel schon mal aus. Nur ein Teil war für Passagiere zugänglich. FKK, Wellness und Schach. Zwar auf gewisse Weise elitär, wenn man auf einem Kahn wie diesem, so einen Ausdruck überhaupt verwenden durfte. Aber auf Grund seiner geringen und überall einsichtigen Reling ungeeignet.

Ähnliches galt für Deck 14, das eigentlich die 13 hätte tragen müssen, was aber wohl wegen der mystischen Aura, die diese Zahl umgab, nicht möglich war. So entschied er sich für Deck 12. Es gab reichlich uneinsichtige Ecken und Winkel direkt an der Reling, so dass er auch springen konnte, wenn hier noch ein gewisser Betrieb herrschte. Weitere Decks hinunter kamen für ihn nicht in Betracht. Schließlich wollte er nicht jämmerlich ertrinken, sondern gleich durch den harten Aufprall aufs Wasser getötet werden.

Zudem gab es hier vier Bars und einen Friseursalon. Diesen würde er unbedingt noch aufsuchen. Kein Ermittler hält einen Mann für einen Selbstmörder, der sich kurz vor seinem Ableben noch die Haare schneiden lässt. Gleiches galt für den Wäsche-Service, den er noch in Anspruch nehmen wollte.

Er atmete auf. Für heute hatte er genug geplant. Den genauen Ort würde er erst am Tag seines Abgangs festlegen, da der stark von dem dann dort herrschenden Treiben abhängig war.

Jetzt zog es ihn erst einmal in die Anytime Bar am Heck des Schiffes. Unter allen Umständen wollte er vermeiden sein Bargeld mit auf die letzte Reise zu nehmen. Er fühlte intuitiv nach seiner Brieftasche in der Gesäßtasche seiner Jeans, in der sich dreitausend Euro befanden.

Bedient wurde er von einem englischen Barkeeper, der sich als Harry vorstellte und ihn ständig mit Sir anredete. Nach der vierten Cola-Rum, das heißt er trank vier Rum zu einer Cola, hatte Harry von ihm wissen wollen, warum er ein so trauriges Gesicht mache, wo er doch im Begriff stand, den laut Prospekt schönsten Urlaub der Welt anzutreten. Er tat dies auf eine ironisch, süffisante Weise, die einem Angestellten nach Schusters Ansicht nicht zustand.

Klar war jedoch, dass ihm seine positive Mimik entglitten war. Sicher sah er wieder genauso aus wie er sich fühlte. So gab er Harry einige erklärende Worte und lächelte ab sofort plangemäß und wie es von ihm erwartet wurde.

Im Stillen dachte er jedoch, wenn mich dieser Dealer legaler Drogen noch einmal anquatscht, kann er was erleben, dieser Brexit-Überläufer. Dann fiel ihm jedoch ein, dass potentielle Ermittler mit seinem Bild sämtliche Bars und Restaurants abklappern würden, um sich nach ihm zu informieren und zu hören ober er depressiv gewirkt hatte. Also setz deine Planung um Schuster, stimulierte er sich, weinen kannst du später im Bett.

Der Abend wurde dann noch ganz lustig. Er schmiss einige Runden, diskutierte lauter als nötig und zeigte etwas zu häufig seine prallgefüllte Brieftasche. Als er sehr viel später in seiner Kabine erschöpft in die Kissen sank, war er zwar hungrig weil er das Abendessen vergessen hatte, fühlte sich aber so gut wie lange nicht in letzter Zeit.

Die Tage vergingen Schuster wie im Fluge. Er hatte inzwischen umdisponiert und diese touristischen Animationen mit der Show, der Saunanacht und dem Cocktail-Workshop ersatzlos gestrichen. Er wollte seine letzten Tage nicht mit derartig kranken Beschäftigungen vergeuden. Außerdem hatte er noch nie gern Cocktails getrunken. Er zog Harrys Drinks vor. Ab 21 Uhr 30 würde dieser wieder seinem Job in der Anytime Bar nachgehen.

Inzwischen hatte er festgestellt, dass es eine kleine Clique von Gästen gab, die sich immer dort trafen wo dieser englische Barkeeper seiner segensreiche Tätigkeit nachging. Unbewusst hatte er sich diesen Leuten angeschlossen.

Auf Deck 12 kannte er inzwischen jeden nicht einsehbaren Winkel, der für seine Absicht geeignet war. Er suchte diese Plätze nicht nur am Tage auf, sondern auch zu mitternächtlicher Stunde, da er es zu dieser Zeit tun wollte.

Es würde keinerlei Probleme geben, davon war er inzwischen überzeugt. Heute war sein letzter Abend. Er wollte sich vorher noch bei Harry sehen lassen, damit später nicht die Vermutung aufkommen konnte, er wäre wohl volltrunken über Bord gestürzt.

Auch im Internet hatte er sich mit seinem Vorhaben beschäftigt. Fast durchgängig wurde die Meinung vertreten, dass man ein Kreuzfahrtschiff mit einer Kleinstadt ohne Polizeirevier vergleichen könne, es sich also um einen Mikrokosmos der Gesellschaft mit den gleichen kriminellen Problemen wie Gewalttaten, Diebstahl, sexuellen Übergriffen, Drogenmissbrauch und mysteriösen Todesfällen handele.

Diese Entwicklung sowie die steigende Zahl verschollener Menschen auf den Luxuslinern verursachten immer größere Schwierigkeiten, von denen die Reedereien jedoch nichts wissen wollten.

Schuster fühlte sich immer wohler nach dieser Lektüre. Was er zu tun beabsichtige schien also nichts Außergewöhnliches. Es geschah wohl häufiger als man bereit war zuzugeben.

Seine größte Sorge, nicht sofort durch den Sprung, sondern langsam durch Ertrinken ums Leben zu kommen, sah er nach Durchsicht einiger Artikel zu diesem Thema als unbegründet an. In der Mehrzahl sprangen Selbstmörder von Brücken, von denen die Golden Gate Bridge in San Francisco einsam an der Spitze lag. Nach Schätzungen hatten sich hier, seit der Fertigstellung im Jahre 1937 weit mehr als 1500 Menschen das Leben genommen. Es dauerte vier Sekunden bis der Körper eines Lebensmüden aus 67 Meter Höhe auf dem Wasser aufschlug.

Schuster schätzte seine Absprunghöhe auf vierzig bis fünfzig Meter. Mit einiger Sorge hatte ihn lediglich erfüllt, dass etwa dreißig Menschen diesen Sprung vom Golden Gate überlebt hatten. Das würde ihm nicht passieren, wenn er es vermied kerzengerade, mit den Füßen zuerst, unter anzukommen. Mit etwas Glück würde er bereits während des Falls bewusstlos werden und nicht mehr spüren wie seine Glieder zerschmettert und Herz und Lunge von den Rippen aufgespießt würden. Was die Wasserbewohner danach mit seinem Körper machten, war für ihn nicht mehr von Interesse. Allein entscheidend war der Mut zum Absprung.

Mittlerweile war es kurz vor halb Zehn. Zeit um sich zu Harry in die Anytime Bar zu begeben, obgleich er eigentlich keine große Lust dazu verspürte. Er hatte plötzlich Kopfschmerzen, Taubheitsgefühle im linken Oberschenkel und kotzübel war ihm außerdem. Dass etwas nicht stimmte wurde ihm aber erst so richtig bewusst, nachdem er zweimal an der Bar vorbeigelaufen war, ohne sie überhaupt wahrzunehmen.

„Hallo Harry", grüßte er schließlich, als er durch die Pendeltür eintrat, „hast du noch Cola und Rum im Angebot?" Er sah sich um und als er nur die vertrauten Gesichter erblickte, ergänzte er noch „und für die anderen ein Getränk nach Wunsch."

Nach dem allgemeinen Hallo zog er sich hinter sein Getränk zurück. Das waren sie jetzt also, die letzten Stunden seines Lebens. Dann würde er sich nicht mehr um die Ernährung von Menschen kümmern, denn die Zielgruppe wechselte zu Fischen und Krabben. Bevor er eben aus seiner Kabine gekommen war, hatte er noch überlegt dem Kabinensteward, wie man die Putze hier nannte, den Rest seines Geldes zu hinterlassen, sich dann aber doch dagegen entschieden, da man unter Umständen daraus ableiten konnte, dass er im Begriff war seine letzte Reise anzutreten.

Scheiß drauf Hans, sagte er sich. Knall dir noch einen, schmeiß einige Runden, drück Harry ein paar Scheine in die Hand und mach dich vom Acker. Wirklich schwierig empfand er es, unbeschwerte Fröhlichkeit vorzutäuschen. Das machte ihm mehr Mühe als der spätere Abflug von der Reling. Zumindest hoffte er das.

So spendierte er noch jede Menge Drinks, redete den gleichen Mist wie die anderen und ermahnte sich ständig nicht so viel zu trinken, dass er die letzte Hürde, die Reling, nicht mehr schaffte.

Aufgeregt war er sonst eigentlich nicht. Er wollte es nur endlich hinter sich bringen. So verließ er kurz vor Mitternacht die Bar mit dem Versprechen morgen wieder dabei zu sein. Nachdem er sich überzeugt hatte, dass ihm niemand folgte, ging er entschlossen zu der Stelle, die er sich für seinen Abgang ausgesucht hatte. Ihm war klar, dass er zum ersten Mal in seinem Leben etwas Unwiderrufliches tat. Hoffentlich blieb ihm nicht die Zeit es zu bereuen. Kein anderer Mensch war in seiner Nähe. Er stieg auf die Reling und sprang.

Ein lesbisches Paar auf einer Liege, das diese surrealistische Szene in sprachlosem Entsetzen beobachtet hatte, beschloss eine Bar aufzusuchen und diesen Vorfall für sich zu behalten.

***

MIX

Papier | Fördert
gute Waldnutzung

FSC® C083411

Zeitfracht Medien GmbH
Ferdinand-Jühlke-Straße 7
99095 Erfurt, Deutschland
produktsicherheit@kolibri360.de